C

D. A. F. de Sade

Eugénie
de Franval

Nouvelle tragique

ÉDITION DE MICHEL DELON

Gallimard

Cette nouvelle est extraite du recueil *Les Crimes de l'amour* (Folio n° 1817).
Nous avons suivi la tradition inaugurée par Maurice Heine et Gilbert Lely qui rétablit deux passages du manuscrit, le dépucelage d'Eugénie par son père et son exposition, nue, aux yeux de Valmont. Ils permettent de mieux apprécier le jeu entre l'implicite et l'explicite. Ils sont indiqués entre crochets.

Issu d'une vieille famille provençale, apparenté aux Bourbons, Donatien Alphonse François de Sade est né à Paris en 1740. Il est d'abord élevé par son oncle, l'abbé de Sade, un érudit libertin, avant de fréquenter un collège jésuite puis le collège de Cavalerie royale. Capitaine, il participe à la guerre de Sept Ans, et, en 1763, épouse Renée Pélagie de Montreuil. Quelques mois plus tard, il est emprisonné à Vincennes pour « débauche outrée ». C'est le premier des nombreux emprisonnements que lui vaudront ses multiples liaisons et son libertinage. En 1772, il est même condamné à mort par contumace, jugement cassé quelques années plus tard. En 1784, il séjourne à la Bastille puis à Charenton et écrit *Les Cent Vingt Journées de Sodome* où, dans un château isolé, quatre libertins poussent la débauche jusqu'à ses limites les plus extrêmes. Dans *Justine ou les Malheurs de la vertu*, écrit en 1791, une jeune orpheline vertueuse est livrée à son sort et découvre une société où le Mal triomphe toujours. Pendant la Révolution, il se consacre à des écrits politiques et, cette fois, c'est sa modération qui le conduit en prison jusqu'en 1793. Entre deux incarcérations, il fait scandale en publiant *La Philosophie dans le boudoir* (1795), hymne à la sexualité qui se révèle être aussi un dialogue philosophique et un brûlot politique et religieux. Le recueil *Les Crimes de l'amour* paraît en

1800. Le Consulat enferme définitivement Sade comme auteur libertin et il finit ses jours à Charenton, écrivant des romans historiques et organisant des représentations théâtrales. Il meurt misérablement, au milieu des malades, en 1814. Dans son testament, il dit ne vouloir laisser aucune trace de son passage sur la Terre et demande à être enterré dans le parc de sa propriété sans aucune inscription.

Masquée par la réputation sulfureuse de Sade, son œuvre a été longtemps réduite à celle d'un libertin. Elle a été redécouverte au XXe siècle par les surréalistes qui, fascinés par son expérience des limites – sociales et littéraires –, ont contribué à sa célébrité.

Instruire l'homme et corriger ses mœurs, tel est le seul motif que nous nous proposons dans cette anecdote. Que l'on se pénètre, en la lisant, de la grandeur du péril, toujours sur les pas de ceux qui se permettent tout pour satisfaire leurs désirs. Puissent-ils se convaincre que la bonne éducation, les richesses, les talents, les dons de la nature, ne sont susceptibles que d'égarer, quand la retenue, la bonne conduite, la sagesse, la modestie ne les étayent, ou ne les font valoir : voilà les vérités que nous allons mettre en action. Qu'on nous pardonne les monstrueux détails du crime affreux dont nous sommes contraints de parler ; est-il possible de faire détester de semblables écarts, si l'on n'a le courage de les offrir à nu ?

Il est rare que tout s'accorde dans un même être, pour le conduire à la prospérité. Est-il favorisé de la nature ? la fortune lui refuse ses dons ; celle-ci lui prodigue-t-elle ses faveurs ? la nature l'aura maltraité ; il semble que la main du ciel ait voulu, dans chaque individu, comme dans ses plus sublimes opérations, nous faire voir que les lois de l'équilibre sont les premières lois de l'univers, celles qui règlent à la fois tout ce qui arrive, tout ce qui végète, et tout ce qui respire.

Franval, demeurant à Paris, où il était né, possédait, avec quatre cent mille livres de rente, la plus belle taille, la physionomie la plus agréable, et les talents les plus variés ; mais sous cette enveloppe séduisante se cachaient tous les vices, et malheureusement ceux dont l'adoption et l'habitude conduisent si promptement aux crimes. Un désordre d'imagination, au delà de tout ce qu'on peut peindre, était le premier défaut de Franval ; on ne se corrige point de celui-là ; la diminution des forces ajoute à ses effets ; moins l'on peut, plus l'on entreprend ; moins on agit, plus on invente ; chaque âge amène de nouvelles idées, et la satiété, loin de refroidir, ne prépare que des raffinements plus funestes.

Nous l'avons dit, tous les agréments de la jeunesse, tous les talents qui la décorent, Franval les possédait avec profusion ; mais plein de mépris pour les devoirs moraux et religieux, il était devenu impossible à ses instituteurs de lui en faire adopter aucun.

Dans un siècle où les livres les plus dangereux sont dans la main des enfants, comme dans celles de leurs pères et de leurs gouverneurs, où la témérité du système passe pour de la philosophie, l'incrédulité pour de la force, le libertinage pour de l'imagination, on riait de l'esprit du jeune Franval, un instant peut-être après, en était-il grondé, on le louait ensuite. Le père de Franval, grand partisan des sophismes à la mode, encourageait, le premier, son fils à penser *solidement* sur toutes ces matières ; il lui prêtait lui-même les ouvrages qui pouvaient le corrompre plus vite ; quel instituteur eût osé, après cela, inculquer des principes différents de ceux du logis où il était obligé de plaire ?

Quoi qu'il en fût, Franval perdit ses parents fort jeune, et à l'âge de dix-neuf ans, un vieil oncle, qui mourut lui-même peu après, lui remit, en le mariant, tous les biens qui devaient lui appartenir un jour.

M. de Franval, avec une telle fortune, devait aisément trouver à se marier ; une infinité de partis se présentèrent, mais ayant supplié son oncle de ne lui donner qu'une fille plus jeune que lui, et avec le moins d'entours[1] possible, le vieux parent, pour satisfaire son neveu, porta ses regards sur une certaine demoiselle de Farneille, fille de finance, ne possédant plus qu'une mère, encore jeune à la vérité, mais soixante mille livres de rente bien réelles, quinze ans, et la plus délicieuse physionomie qu'il y eût alors dans Paris... une de ces figures de vierge où se peignent à la fois la candeur et l'aménité, sous les traits délicats de l'Amour et des Grâces... de beaux cheveux blonds flottant au bas de sa ceinture, de grands yeux bleus où respiraient la tendresse et la modestie, une taille fine, souple et légère, la peau du lis et la fraîcheur des roses, pétrie de talents, une imagination très vive, mais un peu triste, un peu de cette mélancolie douce qui fait aimer les livres et la solitude ; attributs que la nature semble n'accorder qu'aux individus que sa main destine aux malheurs, comme pour les leur rendre moins amers, par cette volupté sombre et touchante qu'ils goûtent à les sentir, et qui leur font préférer des larmes à la joie frivole du bonheur, bien moins active et bien moins pénétrante.

1. Entourage.

Mme de Farneille, âgée de trente-deux ans, lors de l'établissement de sa fille, avait également de l'esprit, des charmes, mais peut-être un peu trop de réserve et de sévérité ; désirant le bonheur de son unique enfant, elle avait consulté tout Paris sur ce mariage ; et comme elle n'avait plus de parents et, pour conseils, que quelques-uns de ces froids amis à qui tout est égal, on la convainquit que le jeune homme que l'on proposait à sa fille était, sans aucun doute, ce qu'elle pouvait trouver de mieux à Paris, et qu'elle ferait une impardonnable extravagance, si elle manquait cet arrangement ; il se fit donc, et les jeunes gens, assez riches pour prendre leur maison, s'y établirent dès les premiers jours.

Il n'entrait dans le cœur du jeune Franval aucun de ces vices de légèreté, de dérangement ou d'étourderie qui empêchent un homme d'être formé avant trente ans ; comptant fort bien avec lui-même, aimant l'ordre, s'entendant au mieux à tenir une maison, Franval avait, pour cette partie du bonheur de la vie, toutes les qualités nécessaires. Ses vices, dans un genre absolument tout autre, étaient bien plutôt les torts de l'âge mûr que les inconséquences de la jeunesse... de l'art, de l'intrigue... de la méchanceté,

de la noirceur, de l'égoïsme, beaucoup de politique, de fourberie, et gazant[1] tout cela, non seulement par les grâces et les talents dont nous
avons parlé, mais même par de l'éloquence...
par infiniment d'esprit, et par les dehors les plus
séduisants. Tel était l'homme que nous avons à
peindre.

Mlle de Farneille qui, selon l'usage, avait
connu tout au plus un mois son époux avant
que de se lier à lui, trompée par ces faux
brillants, en était devenue la dupe ; les jours
n'étaient pas assez longs pour le plaisir de le
contempler, elle l'idolâtrait, et les choses étaient
même au point qu'on eût craint pour cette jeune
personne, si quelques obstacles fussent venus
troubler les douceurs d'un hymen où elle trouvait, disait-elle, l'unique bonheur de ses jours.

Quant à Franval, philosophe sur l'article des
femmes comme sur tous les autres objets de la
vie, c'était avec le plus beau flegme qu'il avait
considéré cette charmante personne.

— La femme qui nous appartient, disait-il, est
une espèce d'individu que l'usage nous asser-
vit ; il faut qu'elle soit douce, soumise... fort

1. Placer derrière une gaze, donc voiler, dissimuler.

sage, non que je tienne beaucoup aux préjugés du déshonneur que peut nous imprimer une épouse quand elle imite nos désordres, mais c'est qu'on n'aime pas qu'un autre s'avise d'enlever nos droits ; tout le reste, parfaitement égal, n'ajoute rien de plus au bonheur.

Avec de tels sentiments dans un mari, il est facile d'augurer que des roses n'attendent pas la malheureuse fille qui doit lui être liée. Honnête, sensible, bien élevée et volant par amour au-devant des désirs du seul homme qui l'occupait au monde, Mme de Franval porta ses fers les premières années sans soupçonner son esclavage ; il lui était aisé de voir qu'elle ne faisait que glaner dans les champs de l'hymen, mais trop heureuse encore de ce qu'on lui laissait, sa seule étude, son attention la plus exacte, était que, dans ces courts moments accordés à sa tendresse, Franval pût rencontrer au moins tout ce qu'elle croyait nécessaire à la félicité de cet époux chéri.

La meilleure de toutes les preuves, pourtant, que Franval ne s'écartait pas toujours de ses devoirs, c'est que, dès la première année de son mariage, sa femme, âgée pour lors de seize ans et demi, accoucha d'une fille encore plus belle que sa mère, et que le père nomma dès l'instant Eugénie... Eugénie, à la fois l'horreur et le miracle de la nature.

M. de Franval qui, dès que cet enfant vit le jour, forma sans doute sur elle les plus odieux desseins, la sépara tout de suite de sa mère. Jusqu'à l'âge de sept ans, Eugénie fut confiée à des femmes dont Franval était sûr, et qui, bornant leurs soins à lui former un bon tempérament et à lui apprendre à lire, se gardèrent bien de lui donner aucune connaissance des principes religieux ou moraux, dont une fille de cet âge doit communément être instruite.

Mme de Farneille et sa fille, très scandalisées de cette conduite, en firent des reproches à M. de Franval, qui répondit flegmatiquement que son projet étant de rendre sa fille heureuse, il ne voulait pas lui inculquer des chimères, uniquement propres à effrayer les hommes, sans jamais leur devenir utiles ; qu'une fille qui n'avait besoin que d'apprendre à plaire, pouvait au mieux ignorer des fadaises, dont la fantastique existence, en troublant le repos de sa vie, ne lui donnerait, ni une vérité de plus au moral ni une grâce de plus au physique. De tels propos déplurent souverainement à Mme de Farneille, qui s'approchait d'autant plus des idées célestes qu'elle s'éloignait des plaisirs de ce monde ; la dévotion est une faiblesse inhérente aux époques de l'âge, ou de la santé. Dans le tumulte des passions, un avenir dont on se croit très loin inquiète peu communément, mais quand leur langage est moins vif... quand on avance vers le terme... quand tout nous quitte enfin, on se rejette au sein du Dieu dont on entendit parler dans l'enfance, et si, d'après la philosophie, ces secondes illusions sont aussi fantastiques que les autres, elles ne sont pas du moins aussi dangereuses.

La belle-mère de Franval n'ayant plus de parents... peu de crédit par elle-même, et tout au plus, comme nous l'avons dit, quelques-uns de ces amis de circonstance... qui s'échappent si nous les mettons à l'épreuve, ayant à lutter contre un gendre aimable, jeune, bien placé, s'imagina fort sensément qu'il était plus simple de s'en tenir à des représentations, que d'entreprendre des voies de rigueur, avec un homme qui ruinerait la mère et ferait enfermer la fille, si l'on osait se mesurer à lui ; moyennant quoi, quelques remontrances furent tout ce qu'elle hasarda, et elle se tut, dès qu'elle vit que cela n'aboutissait à rien. Franval, sûr de sa supériorité, s'apercevant bien qu'on le craignait, ne se gêna bientôt plus, sur quoi que ce pût être, et se contentant d'une légère gaze, simplement à cause du public, il marcha droit à son horrible but.

Dès qu'Eugénie eut atteint l'âge de sept ans, Franval la conduisit à sa femme ; et cette tendre mère, qui n'avait pas vu son enfant depuis qu'elle l'avait mise au monde, ne pouvant se rassasier de caresses, la tint deux heures pressée sur son sein, la couvrant de baisers, l'inondant de ses larmes. Elle voulut connaître ses petits talents ; mais Eugénie n'en avait point d'autres que de lire couramment, que de jouir de la plus vigoureuse santé, et d'être belle comme les anges. Nouveau désespoir de Mme de Franval, quand elle reconnut qu'il n'était que trop vrai que sa fille ignorait même les premiers principes de la religion :

— Eh quoi ! monsieur, dit-elle à son mari, ne l'élevez-vous donc que pour ce monde ? ne daignerez-vous pas réfléchir qu'elle ne doit l'habiter qu'un instant, comme nous, pour se plonger après dans une éternité bien fatale, si vous la privez de ce qui peut l'y faire jouir d'un sort heureux, aux pieds de l'Être dont elle a reçu le jour.

– Si Eugénie ne connaît rien, madame, répondit Franval, si on lui cache avec soin ces maximes, elle ne saurait être malheureuse ; car, si elles sont vraies, l'Être suprême est trop juste pour la punir de son ignorance, et si elles sont fausses, quelle nécessité y a-t-il de lui en parler ? À l'égard des autres soins de son éducation, fiez-vous à moi, je vous prie ; je deviens dès aujourd'hui son instituteur, et je vous réponds que, dans quelques années, votre fille surpassera tous les enfants de son âge.

Mme de Franval voulut insister, appelant l'éloquence du cœur au secours de celle de la raison, quelques larmes s'exprimèrent pour elle ; mais Franval, qu'elles n'attendrirent point, n'eut pas même l'air de les apercevoir ; il fit enlever Eugénie, en disant à sa femme que, si elle s'avisait de contrarier, en quoi que ce pût être, l'éducation qu'il prétendait donner à sa fille, ou qu'elle lui suggérât des principes différents de ceux dont il allait la nourrir, elle se priverait du plaisir de la voir, et qu'il enverrait sa fille dans un de ses châteaux, duquel elle ne sortirait plus. Mme de Franval, faite à la soumission, se tut ; elle supplia son époux de ne la point séparer d'un bien si cher, et promit, en pleurant, de ne troubler en rien l'éducation que l'on lui préparait.

De ce moment, Mlle de Franval fut placée dans un très bel appartement, voisin de celui de son père, avec une gouvernante de beaucoup d'esprit, une sous-gouvernante, une femme de chambre et deux petites filles de son âge, uniquement destinées à ses amusements. On lui donna des maîtres d'écriture, de dessin, de poésie, d'histoire naturelle, de déclamation, de géographie, d'astronomie, d'anatomie, de grec, d'anglais, d'allemand, d'italien, d'armes, de danse, de cheval et de musique. Eugénie se levait tous les jours à sept heures, en telle saison que ce fût ; elle allait manger, en courant au jardin, un gros morceau de pain de seigle, qui formait son déjeuner, elle rentrait à huit heures, passait quelques instants dans l'appartement de son père, qui folâtrait avec elle, ou lui apprenait de petits jeux de société ; jusqu'à neuf, elle se préparait à ses devoirs ; alors arrivait le premier maître ; elle en recevait cinq, jusqu'à deux heures. On la servait à part avec ses deux amies et sa première gouvernante. Le dîner était composé de légumes, de poissons, de pâtisseries et de fruits ; jamais ni viande, ni potage, ni vin, ni liqueurs, ni café. De trois à quatre, Eugénie retournait jouer une heure au jardin avec ses petites compagnes ; elles s'y exerçaient ensemble à la paume, au ballon, aux quilles, au volant, ou à franchir de certains espaces donnés ; elles s'y mettaient à l'aise suivant les saisons ; là, rien ne contraignait leur taille ; on ne les enferma jamais dans ces ridicules baleines, également dangereuses à l'estomac et à la poitrine, et qui, gênant la respiration d'une jeune personne, lui attaquent nécessairement les poumons. De quatre à six, Mlle de Franval recevait de nouveaux instituteurs ; et comme tous n'avaient pu paraître dans le même jour, les autres venaient le lendemain. Trois fois la semaine, Eugénie allait au spectacle avec son père, dans de petites loges grillées et louées à l'année pour elle. À neuf heures, elle rentrait et soupait. On ne lui servait alors que des légumes et des fruits. De dix à onze heures, quatre fois la semaine, Eugénie jouait avec ses femmes, lisait quelques romans et se couchait ensuite. Les trois autres jours, ceux où Franval ne soupait pas dehors, elle passait seule dans l'appartement de son père, et ce temps était employé à ce que Franval appelait

ses *conférences*. Là, il inculquait à sa fille ses maximes sur la morale et sur la religion ; il lui offrait, d'un côté, ce que certains hommes
pensaient sur ces matières, il établissait de
l'autre ce qu'il admettait lui-même.

Avec beaucoup d'esprit, des connaissances
étendues, une tête vive, et des passions qui s'al-
lumaient déjà, il est facile de juger des progrès
que de tels systèmes faisaient dans l'âme
d'Eugénie ; mais comme l'indigne Franval
n'avait pas pour simple objet de raffermir la
tête, ses conférences se terminaient rarement
sans enflammer le cœur ; et cet homme horrible
avait si bien trouvé le moyen de plaire à sa fille,
il la subornait avec un tel art, il se rendait si
bien utile à son instruction et à ses plaisirs, il vo-
lait avec tant d'ardeur au-devant de tout ce qui
pouvait lui être agréable qu'Eugénie, au milieu
des cercles les plus brillants, ne trouvait rien
d'aimable comme son père ; et qu'avant même
que celui-ci ne s'expliquât, l'innocente et faible
créature avait réuni pour lui, dans son jeune
cœur, tous les sentiments d'amitié, de reconnaissance et de tendresse qui doivent nécessairement conduire au plus ardent amour ; elle ne
voyait que Franval au monde ; elle n'y distin-

guait que lui, elle se révoltait à l'idée de tout ce qui aurait pu l'en séparer ; elle lui aurait prodigué, non son honneur, non ses charmes, tous ces sacrifices lui eussent paru trop légers pour le touchant objet de son idolâtrie, mais son sang, mais sa vie même, si ce tendre ami de son âme eût pu l'exiger.

Il n'en était pas de même des mouvements du cœur de Mlle de Franval pour sa respectable et malheureuse mère. Le père, en disant adroitement à sa fille que Mme de Franval, étant sa femme, exigeait de lui des soins qui le privaient souvent de faire pour sa chère Eugénie tout ce que lui dictait son cœur, avait trouvé le secret de placer, dans l'âme de cette jeune personne, bien plus de haine et de jalousie, que de la sorte de sentiments respectables et tendres qui devaient y naître pour une telle mère.

— Mon ami, mon frère, disait quelquefois Eugénie à Franval, qui ne voulait pas que sa fille employât d'autres expressions avec lui... cette femme que tu appelles la tienne, cette créature qui, selon toi, m'a mise au monde, est donc bien exigeante, puisqu'en voulant toujours t'avoir près d'elle, elle me prive du bonheur de passer ma vie avec toi... Je le vois bien, tu la préfères à ton Eugénie. Pour moi, je n'aimerai jamais ce qui me ravira ton cœur.

— Ma chère amie, répondait Franval, non, qui que ce soit dans l'univers n'acquerra d'aussi puissants droits que les tiens ; les nœuds qui existent entre cette femme et ton meilleur ami, fruits de l'usage et des conventions sociales, philosophiquement vus par moi, ne balanceront jamais ceux qui nous lient... tu seras toujours préférée, Eugénie ; tu seras l'ange et la lumière de mes jours, le foyer de mon âme et le mobile de mon existence.

— Oh ! que ces mots sont doux ! répondait Eugénie, répète-les souvent, mon ami... Si tu savais comme me flattent les expressions de ta tendresse !

Et prenant la main de Franval qu'elle appuyait contre son cœur :

— Tiens, tiens, je les sens toutes là, continuait-elle.

— Que tes tendres caresses m'en assurent, répondait Franval, en la pressant dans ses bras... et le perfide achevait ainsi, sans aucun remords, la séduction de cette malheureuse.

Cependant Eugénie atteignait sa quatorzième année, telle était l'époque où Franval voulait consommer son crime. Frémissons !... Il le fut.

[Le jour même qu'elle arrive à cet âge, ou plutôt celui qu'il est révolu, se trouvant tous deux à la campagne, sans parents et sans importuns, le comte, après avoir fait parer ce jour-là sa fille comme ces vierges qu'on consacrait jadis au temple de Vénus, la fit entrer, sur les onze heures du matin, dans un salon voluptueux dont les jours étaient adoucis par des gazes, et dont les meubles étaient jonchés de fleurs. Un trône de roses s'élevait au milieu ; Franval y conduit sa fille.

— Eugénie, lui dit-il en l'y asseyant, sois aujourd'hui la reine de mon cœur, et laisse-moi t'adorer à genoux !

— Toi m'adorer, mon frère, pendant que c'est moi qui te dois tout, que c'est toi qui m'as créée, qui m'as formée !... Ah ! laisse-moi plutôt tomber à tes pieds : c'est mon unique place, et c'est la seule où j'aspire avec toi.

— Ô ma tendre Eugénie, dit le comte, en se plaçant près d'elle sur ces sièges de fleurs qui devaient servir à son triomphe, s'il est vrai que tu me doives quelque chose, si les sentiments que tu me témoignes, enfin, sont aussi sincères que tu le dis, sais-tu les moyens de m'en convaincre ?

— Et quels sont-ils, mon frère ? Dis-les-moi donc bien vite, pour que je les saisisse avec empressement.

— Tous ces charmes, Eugénie, que la nature a prodigués dans toi, tous ces appas dont elle t'embellit, il faut me les sacrifier à l'instant.

— Mais que me demandes-tu ? n'es-tu donc pas le maître de tout ? ce que tu as fait ne t'appartient-il pas ? un autre peut-il jouir de ton ouvrage ?

— Mais tu conçois les préjugés des hommes.

— Tu ne me les as point déguisés.

— Je ne veux donc pas les franchir sans ton aveu.

— Ne les méprises-tu pas comme moi ?

— Soit, mais je ne veux pas être ton tyran, bien moins encore ton séducteur ; je veux ne tenir que de l'amour seul les bienfaits que je sollicite. Tu connais le monde, je ne t'ai dissimulé aucun de ses attraits : cacher les hommes à tes regards, ne t'y laisser voir que moi seul, fût devenu une supercherie indigne de moi. S'il existe dans l'univers un être que tu me préfères, nomme-le promptement : j'irai le chercher au bout du monde et le conduire à l'instant dans tes bras. C'est ton bonheur, en un mot, que je veux, mon ange, ton bonheur bien plus que le mien ; ces plaisirs doux que tu peux me donner ne seraient rien pour moi, s'ils n'étaient le prix de ton amour. Décide donc, Eugénie ; tu touches à l'instant d'être immolée, tu dois l'être ; mais nomme toi-même le sacrificateur : je renonce aux voluptés que m'assure ce titre, si je ne les obtiens pas de ton âme ; et, toujours digne de ton cœur, si ce n'est pas moi que tu préfères, en t'amenant celui que tu peux chérir, j'aurai du moins mérité ta tendresse, si je n'ai pu captiver ton cœur, et je serai l'ami d'Eugénie, n'ayant pu devenir son amant.

— Tu seras tout, mon frère, tu seras tout ! dit Eugénie, brûlant d'amour et de désir. À qui veux-tu que je m'immole, si ce n'est à celui que j'adore uniquement ? Quel être dans l'univers peut être plus digne que toi de ces faibles attraits que tu désires... et que déjà tes mains brûlantes parcourent avec ardeur ? Ne vois-tu donc pas, au feu qui m'embrase, que je suis aussi pressée que toi de connaître le plaisir dont tu me parles ? Ah ! jouis, jouis ! mon tendre frère, mon meilleur ami, fais de ton Eugénie ta victime : immolée par tes mains chéries elle sera toujours triomphante.

L'ardent Franval qui, d'après le caractère que nous lui connaissons, ne s'était paré de tant de délicatesse que pour séduire plus finement, abusa bientôt de la crédulité de sa fille, et, tous les obstacles écartés, tant par les principes dont il avait nourri cette âme, ouverte à toutes sortes d'impressions, que par l'art avec lequel il la captivait en ce dernier instant, il acheva sa perfide conquête, et devint lui-même impunément le destructeur d'une virginité dont la nature et ses titres lui avaient confié la défense.

Plusieurs jours se passèrent dans une ivresse mutuelle. Eugénie, en âge de connaître le plaisir de l'amour, encouragée par ses systèmes, s'y livrait avec emportement. Franval lui en apprit tous les mystères, il lui en traça toutes les routes ; plus il multipliait ses hommages, mieux il enchaînait sa conquête : elle aurait voulu le recevoir dans mille temples à la fois ; elle accusait l'imagination de son ami de ne pas s'égarer assez : il lui semblait qu'il lui cachait quelque chose. Elle se plaignait de son âge, et d'une ingénuité qui peut-être ne la rendait pas assez séduisante ; et, si elle désirait d'être plus instruite, c'était pour qu'aucun moyen d'enflammer son amant ne pût lui rester inconnu.]

On revint à Paris, mais les criminels plaisirs dont s'était enivré cet homme pervers avaient trop délicieusement flatté ses facultés physiques et morales, pour que l'inconstance, qui rompait ordinairement toutes ses autres intrigues, pût briser les nœuds de celle-ci. Il devint éperdument amoureux, et de cette dangereuse passion dut naître inévitablement le plus cruel abandon de sa femme... quelle victime, hélas ! Mme de Franval, âgée pour lors de trente et un ans, était à la fleur de sa plus grande beauté ; une impression de tristesse, inévitable d'après les chagrins qui la consumaient, la rendait plus intéressante encore ; inondée de ses larmes, dans l'abattement de la mélancolie... ses beaux cheveux négligemment épars sur une gorge d'albâtre... ses lèvres amoureusement empreintes sur le portrait chéri de son infidèle et de son tyran, elle ressemblait à ces belles vierges que peignit Michel-Ange au sein de la douleur ; elle ignorait cependant encore ce qui devait compléter son tourment. La façon dont on instruisait Eugénie, les choses essentielles qu'on lui laissait ignorer, ou dont on ne lui parlait que pour les lui faire haïr, la certitude qu'elle avait que ces devoirs, méprisés de Franval, ne seraient jamais permis à sa

29

fille, le peu de temps qu'on lui accordait pour voir cette jeune personne, la crainte que l'éducation singulière qu'on lui donnait n'entraînât tôt ou tard des crimes, les égarements de Franval enfin, sa dureté journalière envers elle... elle qui n'était occupée que de le prévenir, qui ne connaissait d'autres charmes que de l'intéresser ou de lui plaire ; telles étaient jusqu'alors les seules causes de son affliction. De quels traits douloureux cette âme tendre et sensible ne serait-elle pas pénétrée, aussitôt qu'elle apprendrait tout !

Cependant l'éducation d'Eugénie continuait ; elle-même avait désiré de suivre ses maîtres jusqu'à seize ans, et ses talents, ses connaissances étendues... les grâces qui se développaient chaque jour en elle... tout enchaînait plus fortement Franval, il était facile de voir qu'il n'avait jamais rien aimé comme Eugénie.

On n'avait changé, au premier plan de vie de Mlle de Franval, que le temps des conférences ; ces tête-à-tête avec son père se renouvelaient beaucoup plus, et se prolongeaient très avant dans la nuit. La seule gouvernante d'Eugénie était au fait de toute l'intrigue, et l'on comptait assez solidement sur elle, pour ne point redouter son indiscrétion. Il y avait aussi quelques changements dans les repas d'Eugénie, elle mangeait avec ses parents. Cette circonstance, dans une maison comme celle de Franval, mit bientôt Eugénie à portée de connaître du monde, et d'être désirée pour épouse. Elle fut demandée par plusieurs personnes. Franval, certain du cœur de sa fille, et ne croyant point devoir redouter ces démarches, n'avait pourtant pas assez réfléchi que cette affluence de propositions parviendrait peut-être à tout dévoiler.

Dans une conversation avec sa fille, faveur si désirée de Mme de Franval, et qu'elle obtenait si rarement, cette tendre mère apprit à Eugénie que M. de Colunce la voulait en mariage.

— Vous connaissez cet homme, ma fille, dit Mme de Franval, il vous aime, il est jeune, aimable, il sera riche, il n'attend que votre aveu... que votre unique aveu, ma fille... quelle sera ma réponse ?

Eugénie, surprise, rougit, et répond qu'elle ne se sent encore aucun goût pour le mariage ; mais qu'on peut consulter son père ; elle n'aura d'autres volontés que les siennes. Mme de Franval, ne voyant rien que de simple dans cette réponse, patienta quelques jours ; et trouvant enfin l'occasion d'en parler à son mari, elle lui communiqua les intentions de la famille du jeune Colunce, et celles que lui-même avait témoignées, elle y joignit la réponse de sa fille. On imagine bien que Franval savait tout ; mais se déguisant, sans se contraindre néanmoins assez :

— Madame, dit-il sèchement à son épouse, je vous demande avec instance de ne point vous mêler d'Eugénie ; aux soins que vous m'avez vu prendre à l'éloigner de vous, il a dû vous être facile de reconnaître combien je désirais que ce qui la concernait ne vous regardât nullement. Je vous renouvelle mes ordres sur cet objet... vous ne les oublierez plus, je m'en flatte ?

— Mais que répondrai-je, monsieur, puisque c'est à moi qu'on s'adresse ?

— Vous direz que je suis sensible à l'honneur qu'on me fait, et que ma fille a des défauts de naissance qui s'opposent aux nœuds de l'hymen.

— Mais, monsieur, ces défauts ne sont point réels ; pourquoi voulez-vous que j'en impose, et pourquoi priver votre fille unique du bonheur qu'elle peut trouver dans le mariage ?

— Ces liens vous ont-ils rendue fort heureuse, madame ?

— Toutes les femmes n'ont pas les torts que j'ai eus, sans doute, de ne pouvoir réussir à vous enchaîner (et avec un soupir) ou tous les maris ne vous ressemblent pas.

— Les femmes... fausses, jalouses, impérieuses, coquettes ou dévotes... les maris, perfides, inconstants, cruels ou despotes, voilà l'abrégé de tous les individus de la terre, madame, n'espérez pas trouver un phénix.

— Cependant tout le monde se marie.

— Oui, les sots ou les oisifs ; on ne se marie jamais, dit un philosophe, que *quand on ne sait ce qu'on fait, ou quand on ne sait plus que faire.*

— Il faudrait donc laisser périr l'univers ?

— Autant vaudrait ; une plante qui ne produit que du venin ne saurait être extirpée trop tôt.

— Eugénie vous saura peu de gré de cet excès de rigueur envers elle.

— Cet hymen paraît-il lui plaire ?

— Vos ordres sont ses lois, elle l'a dit.

— Eh bien ! madame, mes ordres sont que vous laissiez là cet hymen.

Et M. de Franval sortit, en renouvelant à sa femme les défenses les plus rigoureuses de lui parler de cela davantage.

Mme de Franval ne manqua pas de rendre à

sa mère la conversation qu'elle venait d'avoir avec son mari, et Mme de Farneille, plus fine, plus accoutumée aux effets des passions que son intéressante fille, soupçonna tout de suite qu'il y avait là quelque chose de surnaturel.

Eugénie voyait fort peu sa grand-mère, une heure au plus, aux événements, et toujours sous les yeux de Franval. Mme de Farneille, ayant envie de s'éclaircir, fit donc prier son gendre de lui envoyer un jour sa petite-fille, et de la lui laisser un après-midi tout entier, pour la dissiper, disait-elle, d'un accès de migraine dont elle se trouvait accablée ; Franval fit répondre aigrement qu'il n'y avait rien qu'Eugénie craignît comme les vapeurs, qu'il la mènerait pourtant où on la désirait, mais qu'elle n'y pouvait rester longtemps, à cause de l'obligation où elle était de se rendre de là à un cours de physique qu'elle suivait avec assiduité.

On se rendit chez Mme de Farneille, qui ne cacha point à son gendre l'étonnement dans lequel elle était du refus de l'hymen proposé.

– Vous pouvez, je crois, sans crainte, poursuivit-elle, permettre que votre fille me convainque elle-même du défaut qui, selon vous, doit la priver du mariage ?

— Que ce défaut soit réel ou non, madame, dit Franval, un peu surpris de la résolution de sa belle-mère, le fait est qu'il m'en coûterait fort cher pour marier ma fille, et que je suis encore trop jeune pour consentir à de pareils sacrifices ; quand elle aura vingt-cinq ans, elle agira comme bon lui semblera : qu'elle ne compte point sur moi jusqu'à cette époque.

— Et vos sentiments sont-ils les mêmes, Eugénie ? dit Mme de Farneille.

— Ils diffèrent en quelque chose, madame, dit Mlle de Franval avec beaucoup de fermeté ; monsieur me permet de me marier à vingt-cinq ans, et moi je proteste à vous et à lui, madame, de ne profiter de ma vie d'une permission... qui, avec ma façon de penser, ne contribuerait qu'au malheur de mes jours.

— On n'a point de façon de penser à votre âge, mademoiselle, dit Mme de Farneille, et il y a dans tout ceci quelque chose d'extraordinaire, qu'il faudra pourtant bien que je démêle.

— Je vous y exhorte, madame, dit Franval, en emmenant sa fille ; vous ferez même très bien d'employer votre clergé pour parvenir au mot de l'énigme, et quand toutes vos puissances auront habilement agi, quand vous serez instruite enfin, vous voudrez bien me dire si j'ai tort ou si j'ai raison de m'opposer au mariage d'Eugénie.

Le sarcasme qui portait sur les conseillers ecclésiastiques de la belle-mère de Franval avait pour but un personnage respectable, qu'il est à propos de faire connaître, puisque la suite des événements va le montrer bientôt en action.

Il s'agissait du directeur de Mme de Farneille et de sa fille... l'un des hommes les plus vertueux qu'il y eût en France ; honnête, bienfaisant, plein de candeur et de sagesse, M. de Clervil, loin de tous les vices de sa robe, n'avait que des qualités douces et utiles. Appui certain du pauvre, ami sincère de l'opulent, consolateur du malheureux, ce digne homme réunissait tous les dons qui rendent aimable, à toutes les vertus qui font l'homme sensible.

Clervil, consulté, répondit en homme de bon sens, qu'avant de prendre aucun parti dans cette affaire, il fallait démêler les raisons de M. de Franval, pour s'opposer au mariage de sa fille ; et quoique Mme de Farneille lançât quelques traits propres à faire soupçonner l'intrigue, qui n'existait que trop réellement, le prudent directeur rejeta ces idées, et les trouvant beaucoup trop outrageuses pour Mme de Franval et pour son mari, il s'en éloigna toujours avec indignation.

— C'est une chose si affligeante que le crime, madame, disait quelquefois cet honnête homme, il est si peu vraisemblable de supposer qu'un être sage franchisse volontairement toutes les digues de la pudeur, et tous les freins de la vertu, que ce n'est jamais qu'avec la répugnance la plus extrême que je me détermine à prêter de tels torts ; livrons-nous rarement aux soupçons du vice ; ils sont souvent l'ouvrage de notre amour-propre, presque toujours le fruit d'une comparaison sourde, qui se fait au fond de notre âme ; nous nous pressons d'admettre le mal, pour avoir droit de nous trouver meilleurs. En y réfléchissant bien, ne vaudrait-il pas mieux, madame, qu'un tort secret ne fût jamais dévoilé, que d'en supposer d'illusoires par une impardonnable précipitation, et de flétrir ainsi sans sujet, à nos yeux, des gens qui n'ont jamais commis d'autres fautes que celles que leur a prêtées notre orgueil ? Tout ne gagne-t-il pas d'ailleurs à ce principe ? N'est-il pas infiniment moins nécessaire de punir un crime, qu'il n'est essentiel d'empêcher ce crime de s'étendre ? En le laissant dans l'ombre qu'il recherche, n'est-il pas comme anéanti ? le scandale est sûr en l'ébruitant, le récit qu'on en fait réveille les passions de ceux qui sont enclins au même genre de délits ; l'inséparable aveuglement du crime flatte l'espoir qu'a le coupable d'être plus heureux que celui qui vient d'être reconnu ; ce n'est pas une leçon qu'on lui a donnée, c'est un conseil, et il se livre à des excès qu'il n'eût peut-être jamais osés, sans l'imprudent éclat... faussement pris pour de la justice... et qui n'est que de la rigueur mal conçue, ou de la vanité qu'on déguise.

Il ne se prit donc d'autre résolution, dans ce premier comité, que celle de vérifier avec exactitude les raisons de l'éloignement de Franval pour le mariage de sa fille, et les causes qui faisaient partager à Eugénie cette même manière de penser : on se décida à ne rien entreprendre que ces motifs ne fussent dévoilés.

— Eh bien ! Eugénie, dit Franval, le soir, à sa fille, vous le voyez, on veut nous séparer : y réussira-t-on, mon enfant ?... Parviendra-t-on à briser les plus doux nœuds de ma vie ?

— Jamais... jamais, ne l'appréhende pas, ô mon plus tendre ami ! ces nœuds que tu délectes me sont aussi précieux qu'à toi ; tu ne m'as point trompée, tu m'as fait voir, en les formant, à quel point ils choquaient nos mœurs ; et peu effrayée de franchir des usages qui, variant à chaque climat, ne peuvent avoir rien de sacré, je les ai voulus, ces nœuds, je les ai tissés sans remords : ne crains donc pas que je les rompe.

– Hélas ! qui sait ?... Colunce est plus jeune que moi... Il a tout ce qu'il faut pour te charmer : n'écoute pas, Eugénie, un reste d'égarement qui t'aveugle sans doute ; l'âge et le flambeau de la raison, en dissipant le prestige, produiront bientôt des regrets, tu les déposeras dans mon sein, et je ne me pardonnerai pas de les avoir fait naître !

– Non, reprit Eugénie fermement, non, je suis décidée à n'aimer que toi seul ; je me croirais la plus malheureuse des femmes s'il me fallait prendre un époux... Moi, poursuivit-elle avec chaleur, moi, me joindre à un étranger qui, n'ayant pas comme toi de doubles raisons pour m'aimer, mettrait à la mesure de ses sentiments, tout au plus, celle de ses désirs !... Abandonnée, méprisée par lui, que deviendrai-je après ? Prude, dévote, ou catin ? Eh ! non, non. J'aime mieux être ta maîtresse, mon ami. Oui, je t'aime mieux cent fois, que d'être réduite à jouer dans

le monde l'un ou l'autre de ces rôles infâmes...
Mais quelle est la cause de tout ce train ? poursuivait Eugénie avec aigreur... La sais-tu, mon
ami ? Quelle elle est ?... Ta femme ?... Elle
seule... Son implacable jalousie... N'en doute
point, voilà les seuls motifs des malheurs dont
on nous menace... Ah ! je ne l'en blâme point :
tout est simple... tout se conçoit... tout se fait
quand il s'agit de te conserver. Que n'entrepren-
drais-je pas, si j'étais à sa place, et qu'on voulût
m'enlever ton cœur ?

Franval, étonnamment ému, embrasse mille
fois sa fille ; et celle-ci, plus encouragée par ces
criminelles caresses, développant son âme
atroce avec plus d'énergie, hasarda de dire à
son père, avec une impardonnable impudence,
que la seule façon d'être moins observés l'un et
l'autre était de donner un amant à sa mère. Ce
projet divertit Franval ; mais bien plus méchant
que sa fille, et voulant préparer imperceptible-
ment ce jeune cœur à toutes les impressions de
haine qu'il désirait y semer pour sa femme, il répondit que cette vengeance lui paraissait trop
douce, qu'il y avait bien d'autres moyens de
rendre une femme malheureuse quand elle donnait de l'humeur à son mari.

Quelques semaines se passèrent ainsi, pendant lesquelles Franval et sa fille se décidèrent enfin au premier plan conçu pour le désespoir de la vertueuse épouse de ce monstre, croyant, avec raison, qu'avant d'en venir à des procédés plus indignes, il fallait au moins essayer celui d'un amant qui, non seulement pourrait fournir matière à tous les autres, mais qui, s'il réussissait, obligerait nécessairement alors Mme de Franval à ne plus tant s'occuper des torts d'autrui, puisqu'elle en aurait elle-même d'aussi constatés.

Franval porta les yeux, pour l'exécution de ce projet, sur tous les jeunes gens de sa connaissance ; et, après avoir bien réfléchi, il ne trouva que Valmont qui lui parût susceptible de le servir.

Valmont avait trente ans, une figure charmante, de l'esprit, bien de l'imagination, pas le moindre principe, et, par conséquent, très propre à remplir le rôle qu'on allait lui offrir. Franval l'invite un jour à dîner, et le prenant à part au sortir de table :

– Mon ami, lui dit-il, je t'ai toujours cru digne de moi ; voici l'instant de me prouver que je n'ai pas eu tort : j'exige une preuve de tes sentiments... mais une preuve très extraordinaire.

— De quoi s'agit-il ? explique-toi, mon cher, et ne doute jamais de mon empressement à t'être utile !

— Comment trouves-tu ma femme ?

— Délicieuse ; et si tu n'en étais pas le mari, il y a longtemps que j'en serais l'amant.

— Cette considération est bien délicate, Valmont, mais elle ne me touche pas.

— Comment ?

— Je m'en vais t'étonner... c'est précisément parce que tu m'aimes... précisément parce que je suis l'époux de Mme de Franval, que j'exige de toi d'en devenir l'amant.

— Es-tu fou ?

— Non, mais fantasque... mais capricieux, il y a longtemps que tu me connais sur ce ton... je veux faire faire une chute à la vertu, et je prétends que ce soit toi qui la prennes au piège.

— Quelle extravagance !

— Pas un mot, c'est un chef-d'œuvre de raison.

— Quoi ! tu veux que je te fasse... ?

— Oui, je le veux, je l'exige, et je cesse de te regarder comme mon ami, si tu me refuses cette faveur... je te servirai... je te procurerai des instants... je les multiplierai... tu en profiteras ; et, dès que je serai bien certain de mon sort, je me jetterai, s'il le faut, à tes pieds pour te remercier de ta complaisance.

— Franval, je ne suis pas ta dupe ; il y a là-dessous quelque chose de fort étonnant... Je n'entreprends rien que je ne sache tout.

— Oui... mais je te crois un peu scrupuleux, je ne te soupçonne pas encore assez de force dans l'esprit pour être susceptible d'entendre le développement de tout ceci... Encore des préjugés... de la chevalerie, je gage ?... tu frémiras comme un enfant quand je t'aurai tout dit, et tu ne voudras plus rien faire.

— Moi, frémir ?... je suis en vérité confus de ta façon de me juger : apprends, mon cher, qu'il n'y a pas un égarement dans le monde... non, pas un seul, de quelque irrégularité qu'il puisse être, qui soit capable d'alarmer un instant mon cœur.

— Valmont, as-tu quelquefois fixé Eugénie ?

— Ta fille ?

— Ou ma maîtresse, si tu l'aimes mieux.

— Ah ! scélérat, je te comprends.

— Voilà la première fois de ma vie où je te trouve de la pénétration.

— Comment ? d'honneur, tu aimes ta fille ?

— Oui, mon ami, comme Loth ; j'ai toujours été pénétré d'un si grand respect pour les livres saints, toujours si convaincu qu'on gagnait le ciel en imitant ses héros !... Ah ! mon ami, la folie de Pygmalion ne m'étonne plus... L'univers n'est-il donc pas rempli de ces faiblesses ? N'a-t-il pas fallu commencer par là pour peupler le monde ? Et ce qui n'était pas un mal, alors, peut-il donc l'être devenu ? Quelle extravagance ! Une jolie personne ne saurait me tenter, parce que j'aurais le tort de l'avoir mise au monde ? Ce qui doit m'unir plus intimement à elle deviendrait la raison qui m'en éloignerait ? C'est parce qu'elle me ressemblerait, parce qu'elle serait issue de mon sang, c'est-à-dire parce qu'elle réunirait tous les motifs qui peuvent fonder le plus ardent amour, que je la verrais d'un œil froid ?... Ah ! quels sophismes... quelle absurdité ! Laissons aux sots ces ridicules freins, ils ne sont pas faits pour des âmes telles que les nôtres ; l'empire de la beauté, les saints droits de l'amour, ne connaissent point les futiles conventions humaines ; leur ascendant les anéantit comme les rayons de l'astre du jour épurent le sein de la terre des brouillards qui la couvrent la nuit. Foulons aux pieds ces préjugés atroces, toujours ennemis du bonheur ; s'ils séduisirent quelquefois la raison, ce ne fut jamais qu'aux dépens des plus flatteuses jouissances... qu'ils soient à jamais méprisés par nous !

— Tu me convaincs, répondit Valmont, et je t'accorde bien facilement que ton Eugénie doit être une maîtresse délicieuse ; beauté bien plus vive que sa mère, si elle n'a pas tout à fait, comme ta femme, cette langueur qui s'empare de l'âme avec tant de volupté, elle en a ce piquant qui nous dompte, qui semble, en un mot, subjuguer tout ce qui voudrait user de résistance ; si l'une a l'air de céder, l'autre exige ; ce que l'une permet, l'autre l'offre, et j'y conçois beaucoup plus de charmes.

— Ce n'est pourtant pas Eugénie que je te donne, c'est sa mère.

— Eh ! quelle raison t'engage à ce procédé ?

— Ma femme est jalouse, elle me gêne, elle m'examine ; elle veut marier Eugénie : il faut que je lui fasse avoir des torts, pour réussir à couvrir les miens, il faut donc que tu l'aies... que tu t'en amuses quelque temps... que tu la trahisses ensuite... que je te surprenne dans ses bras... que je la punisse, ou qu'au moyen de cette découverte, j'achète la paix de part et d'autre dans nos mutuelles erreurs... mais point d'amour, Valmont, du sang-froid, enchaîne-la, et ne t'en laisse pas maîtriser ; si le sentiment s'en mêle, mes projets sont au diable.

— Ne crains rien, ce serait la première femme qui aurait échauffé mon cœur.

Nos deux scélérats convinrent donc de leurs arrangements, et il fut résolu que, dans très peu de jours, Valmont entreprendrait Mme de Franval avec pleine permission d'employer tout ce qu'il voudrait pour réussir... même l'aveu des amours de Franval, comme le plus puissant des moyens pour déterminer cette honnête femme à la vengeance.

Eugénie, à qui le projet fut confié, s'en amusa prodigieusement ; l'infâme créature osa dire que si Valmont réussissait, pour que son bonheur, à elle, devînt aussi complet qu'il pourrait l'être, il faudrait qu'elle pût s'assurer, par ses yeux mêmes, de la chute de sa mère, qu'elle pût voir cette héroïne de vertu céder incontestablement aux attraits d'un plaisir qu'elle blâmait avec tant de rigueur.

Enfin le jour arrive où la plus sage et la plus malheureuse des femmes va, non seulement recevoir le coup le plus sensible qui puisse lui être porté, mais où elle va être assez outragée de son affreux époux pour être abandonnée... livrée par lui-même à celui par lequel il consent d'être déshonoré... Quel délire !... quel mépris de tous les principes, et dans quelles vues la nature peut-elle créer des cœurs aussi dépravés que ceux-là !... Quelques conversations préliminaires avaient disposé cette scène ; Valmont, d'ailleurs, était assez lié avec Franval, pour que sa femme, à qui cela était déjà arrivé sans risque, pût n'en imaginer aucun à rester en tête à tête avec lui. Tous trois étaient dans le salon, Franval se lève.

— Je me sauve, dit-il, une affaire importante m'appelle... C'est vous mettre avec votre gouvernante, madame, ajouta-t-il en riant, que de vous laisser avec Valmont : il est si sage... mais s'il s'oublie, vous me le direz, je ne l'aime pas encore au point de lui céder mes droits...

Et l'impudent s'échappe.

Après quelques propos ordinaires, nés de la plaisanterie de Franval, Valmont dit qu'il trouvait son ami changé depuis six mois.

— Je n'ai pas trop osé lui en demander la raison, continua-t-il, mais il a l'air d'avoir des chagrins.

— Ce qu'il y a de bien sûr, répondit Mme de

47

Franval, c'est qu'il en donne furieusement aux autres.

– Oh, ciel ! que m'apprenez-vous ?... mon ami aurait avec vous des torts ?

– Puissions-nous n'en être encore que là !

– Daignez m'instruire ; vous connaissez mon zèle... mon inviolable attachement.

– Une suite de désordres horribles... une corruption de mœurs, des torts enfin de toutes les espèces... le croiriez-vous ? on nous propose pour sa fille le mariage le plus avantageux... il ne le veut pas...

Et ici l'adroit Valmont détourne les yeux, de l'air d'un homme qui pénètre... qui gémit... et qui craint de s'expliquer.

– Comment, monsieur, reprend Mᵐᵉ de Franval, ce que je vous dis ne vous étonne pas ? votre silence est bien singulier.

– Ah ! madame, ne vaut-il pas mieux se taire, que de parler pour désespérer ce qu'on aime ?

– Quelle est cette énigme ? expliquez-la, je vous conjure.

– Comment voulez-vous que je ne frémisse pas à vous dessiller les yeux ? dit Valmont, en saisissant avec chaleur une des mains de cette intéressante femme.

— Oh ! monsieur, reprit Mme de Franval très animée, ou ne dites plus mot, ou expliquez-vous, je l'exige... La situation où vous me tenez, est affreuse.

— Peut-être bien moins que l'état où vous me réduisez vous-même, dit Valmont, laissant tomber sur celle qu'il cherche à séduire, des regards enflammés d'amour.

— Mais que signifie tout cela, monsieur ? Vous commencez par m'alarmer, vous me faites désirer une explication, osant ensuite me faire entendre des choses que je ne dois ni ne peux souffrir, vous m'ôtez les moyens de savoir de vous ce qui m'inquiète aussi cruellement. Parlez, monsieur, parlez, ou vous allez me réduire au désespoir.

— Je serai donc moins obscur, puisque vous l'exigez, madame, et quoiqu'il m'en coûte à déchirer votre cœur... apprenez le motif cruel qui fonde les refus que votre époux fait à M. de Colunce... Eugénie...

— Eh bien !

— Eh bien ! madame, Franval l'adore ; moins son père aujourd'hui que son amant, il préférerait l'obligation de renoncer au jour, à celle de céder Eugénie.

Mme de Franval n'avait pas entendu ce fatal éclaircissement sans une révolution qui lui fit perdre l'usage de ses sens ; Valmont s'empresse de la secourir ; et dès qu'il a réussi...

— Vous voyez, continue-t-il, madame, ce que coûte l'aveu que vous avez exigé... Je voudrais pour tout au monde...

— Laissez-moi, monsieur, laissez-moi, dit Mme de Franval, dans un état difficile à peindre, après d'aussi violentes secousses, j'ai besoin d'être un instant seule.

— Et vous voudriez que je vous quittasse dans cette situation ? ah ! vos douleurs sont trop vivement ressenties de mon âme, pour que je ne vous demande pas la permission de les partager ; j'ai fait la plaie, laissez-moi la guérir.

— Franval amoureux de sa fille, juste ciel ! cette créature que j'ai portée dans mon sein, c'est elle qui le déchire avec tant d'atrocité !... Un crime aussi épouvantable... ah ! monsieur, cela se peut-il ?... en êtes-vous bien sûr ?

— Si j'en doutais encore, madame, j'aurais gardé le silence ; j'eusse aimé mieux cent fois ne vous rien dire, que de vous alarmer en vain ; c'est de votre époux même que je tiens la certitude de cette infamie, il m'en a fait la confidence ; quoi qu'il en soit, un peu de calme, je vous en supplie ; occupons-nous plutôt maintenant des moyens de rompre cette intrigue, que de ceux de l'éclaircir ; or, ces moyens sont en vous seule...

— Ah ! pressez-vous de me les apprendre !... ce crime me fait horreur.

— Un mari du caractère de Franval, madame, ne se ramène point par de la vertu ; votre époux croit peu à la sagesse des femmes ; fruit de leur orgueil ou de leur tempérament, prétend-il, ce qu'elles font, pour se conserver à nous, est bien plus pour se contenter elles-mêmes, que pour nous plaire ou nous enchaîner... Pardon, madame, mais je ne vous déguiserai pas que je pense assez comme lui sur cet objet ; je n'ai jamais vu que ce fût avec des vertus qu'une femme parvînt à détruire les vices de son époux ; une conduite à peu près semblable à celle de Franval le piquerait beaucoup davantage, et vous le ramènerait bien mieux ; la jalousie en serait la suite assurée, et que de cœurs rendus à l'amour par ce moyen toujours infaillible ! Votre mari, voyant alors que cette vertu à laquelle il est fait, et qu'il a l'impudence de mépriser, est bien plus l'ouvrage de la réflexion que de l'insouciance ou des organes, apprendra réellement à l'estimer en vous, au moment où il vous croira capable d'y manquer... il imagine... il ose dire que si vous n'avez jamais eu d'amants, c'est que vous n'avez jamais été attaquée ; prouvez-lui qu'il ne tient qu'à vous de l'être... de vous venger de ses torts et de ses mépris ; peut-être aurez-vous fait un petit mal, d'après vos rigoureux principes ; mais que de maux vous aurez prévenus ! quel époux vous aurez converti ! et, pour un léger outrage à la déesse que vous révérez, quel spectateur n'aurez-vous pas ramené dans son temple ? Ah ! madame, je n'en appelle qu'à votre raison. Par la conduite que j'ose vous prescrire, vous ramenez à jamais Franval, vous le captivez éternellement ; il vous fuit, par une conduite contraire, il s'échappe pour ne plus revenir ; oui, madame, j'ose le certifier, ou vous n'aimez pas votre époux, ou vous ne devez pas balancer.

Mme de Franval, très surprise de ce discours, fut quelque temps sans y répondre ; reprenant ensuite la parole, en se rappelant les regards de Valmont et ses premiers propos :

— Monsieur, dit-elle avec adresse, à supposer que je cédasse aux conseils que vous me donnez, sur qui croiriez-vous que je dusse jeter les yeux pour inquiéter davantage mon mari ?

— Ah ! s'écria Valmont, ne voyant pas le piège qu'on lui tendait, chère et divine amie... sur l'homme de l'univers qui vous aime le mieux, sur celui qui vous adore depuis qu'il vous connaît, et qui jure à vos pieds de mourir sous vos lois...

— Sortez, monsieur, sortez ! dit alors impérieusement Mme de Franval, et ne reparaissez jamais devant mes yeux ! Votre artifice est découvert ; vous ne prêtez à mon mari des torts... qu'il est incapable d'avoir, que pour mieux établir vos perfides séductions ; apprenez que fût-il même coupable, les moyens que vous m'offrez, répugneraient trop à mon cœur pour les employer un instant ; jamais les travers d'un époux ne légitiment ceux d'une femme ; ils doivent devenir pour elle des motifs de plus d'être sage, afin que le juste, que l'Éternel trouvera dans les villes affligées et prêtes à subir les effets de sa colère, puisse écarter, s'il se peut, de leur sein, les flammes qui vont les dévorer.

Mme de Franval sortit à ces mots, et, demandant les gens de Valmont, elle l'obligea à se retirer... très honteux de ses premières démarches.

Quoique cette intéressante femme eût démêlé les ruses de l'ami de Franval, ce qu'il avait dit s'accordait si bien avec ses craintes et celles de sa mère, qu'elle se résolut de tout mettre en œuvre pour se convaincre de ces cruelles vérités. Elle va voir Mme de Farneille, elle lui raconte ce qui s'était passé, et revient, décidée aux démarches que nous allons lui voir entreprendre.

Il y a longtemps que l'on a dit, et avec bien de la raison, que nous n'avions pas de plus grands ennemis que nos propres valets ; toujours jaloux, toujours envieux, il semble qu'ils cherchent à alléger leurs chaînes en développant des torts qui, nous plaçant alors au-dessous d'eux, laissent au moins, pour quelques instants, à leur vanité, la prépondérance sur nous que leur enlève le sort.

Mme de Franval fit séduire une des femmes d'Eugénie : une retraite sûre, un sort agréable, l'apparence d'une bonne action, tout détermine cette créature, et elle s'engage, dès la nuit suivante, à mettre Mme de Franval à même de ne plus douter de ses malheurs.

L'instant arrive. La malheureuse mère est introduite dans un cabinet voisin de l'appartement

54

où son perfide époux outrage chaque nuit et ses nœuds et le ciel. Eugénie est avec son père ; plusieurs bougies restent allumées sur une encoignure, elles vont éclairer le crime... l'autel est préparé, la victime s'y place, le sacrificateur la suit... Mme de Franval n'a plus pour elle que son désespoir, son amour irrité, son courage... elle brise les portes qui la retiennent, elle se jette dans l'appartement ; et là, tombant à genoux et en larmes aux pieds de cet incestueux :

– Ô vous, qui faites le malheur de ma vie ! s'écrie-t-elle, en s'adressant à Franval, vous, dont je n'ai pas mérité de tels traitements... vous que j'adore encore, quelles que soient les injures que j'en reçoive, voyez mes pleurs... et ne me rejetez pas ! Je vous demande la grâce de cette malheureuse, qui, trompée par sa faiblesse et par vos séductions, croit trouver le bonheur au sein de l'impudence et du crime... Eugénie, Eugénie, veux-tu porter le fer dans le sein où tu pris le jour ? Ne te rends pas plus longtemps complice du forfait dont on te cache l'horreur !... Viens... accours... vois mes bras prêts à te recevoir ! Vois ta malheureuse mère, à tes genoux, te conjurer de ne pas outrager à la fois l'honneur et la nature !... Mais si vous me refusez l'un et l'autre, continue cette femme désolée, en se portant un poignard sur le cœur, voilà par quel moyen je vais me soustraire aux flétrissures dont vous prétendez me couvrir ; je ferai jaillir mon sang jusqu'à vous, et ce ne sera plus que sur mon triste corps que vous pourrez consommer vos crimes.

Que l'âme endurcie de Franval pût résister à ce spectacle, ceux qui commencent à connaître ce scélérat le croiront facilement ; mais que celle d'Eugénie ne s'y rendît point, voilà ce qui est inconcevable.

— Madame, dit cette fille corrompue, avec le flegme le plus cruel, je n'accorde pas avec votre raison, je l'avoue, le ridicule esclandre que vous venez faire chez votre mari ; n'est-il pas le maître de ses actions ? et quand il approuve les miennes, avez-vous quelques droits de les blâmer ? Examinons-nous vos incartades avec M. de Valmont ? vous troublons-nous dans vos plaisirs ? Daignez donc respecter les nôtres, ou ne pas vous étonner que je sois la première à presser votre époux de prendre le parti qui pourra vous y contraindre...

En ce moment, la patience échappe à Mme de Franval ; toute sa colère se tourne contre l'indigne créature qui peut s'oublier au point de lui parler ainsi ; et, se relevant avec fureur, elle s'élance sur elle... Mais l'odieux, le cruel Franval, saisissant sa femme par les cheveux, l'entraîne en furie loin de sa fille et de la chambre ; et, la jetant avec force dans les degrés[1] de la maison, il l'envoie tomber évanouie et en sang sur le seuil de la porte d'une de ses femmes, qui, réveillée par ce bruit horrible, soustrait en hâte sa maîtresse aux fureurs de son tyran, déjà descendu pour achever sa malheureuse victime... Elle est chez elle, on l'y enferme, on l'y soigne, et le monstre, qui vient de la traiter avec tant de rage, revole auprès de sa détestable compagne passer aussi tranquillement la nuit que s'il ne se fût pas ravalé au-dessous des bêtes les plus féroces, par des attentats tellement exécrables, tellement faits pour l'humilier... tellement horribles, en un mot, que nous rougissons de la nécessité où nous sommes de les dévoiler.

Plus d'illusions pour la malheureuse Franval ; il n'en était plus aucune qui pût lui devenir permise ; il n'était que trop clair que le cœur de son époux, c'est-à-dire le plus doux bien de sa vie,

1. Escaliers.

lui était enlevé... et par qui ? par celle qui lui devait le plus de respect... et qui venait de lui parler avec le plus d'insolence ; elle s'était également doutée que toute l'aventure de Valmont n'était qu'un détestable piège tendu pour lui faire avoir des torts, si l'on pouvait, et, dans le cas contraire, pour lui en prêter, pour l'en couvrir, afin de balancer, de légitimer par là, ceux, mille fois plus graves, qu'on osait avoir avec elle.

Rien n'était plus certain. Franval, instruit des mauvais succès de Valmont, l'avait engagé à remplacer le vrai par l'imposture et l'indiscrétion... à publier hautement qu'il était l'amant de Mme de Franval ; et il avait été conclu dans cette société qu'on ferait contrefaire des lettres abominables, qui statueraient, de la manière la moins équivoque, l'existence du commerce auquel cependant cette malheureuse épouse avait refusé de se prêter.

Cependant, au désespoir, blessée même en plusieurs endroits de son corps, Mme de Franval tomba sérieusement malade ; et son barbare époux, se refusant à la voir, ne daignant pas même s'informer de son état, partit avec Eugénie pour la campagne, sous prétexte que la fièvre étant dans sa maison, il ne voulait pas exposer sa fille.

Valmont se présenta plusieurs fois à la porte de Mme de Franval pendant sa maladie, mais sans être une seule fois reçu ; enfermée avec sa tendre mère et M. de Clervil, elle ne vit absolument personne ; consolée par des amis si chers, si faits pour avoir des droits sur elle, et rendue à la vie par leurs soins, au bout de quarante jours elle fut en état de voir du monde. Franval alors ramena sa fille à Paris, et l'on disposa tout avec Valmont pour se munir d'armes capables de balancer celles qu'il paraissait que Mme de Franval et ses amis allaient diriger contre eux.

Notre scélérat parut chez sa femme dès qu'il la crut en état de le recevoir.

– Madame, lui dit-il froidement, vous ne devez pas douter de la part que j'ai prise à votre état ; il m'est impossible de vous déguiser que c'est à lui seul que vous devez la retenue d'Eugénie ; elle était décidée à porter contre vous les plaintes les plus vives sur la façon dont vous l'avez traitée ; quelque convaincue qu'elle puisse être du respect qu'une fille doit à sa mère, elle ne peut ignorer cependant que cette mère se met dans le plus mauvais cas du monde en se jetant sur sa fille, le poignard à la main ; une vivacité de cette espèce, madame, pourrait, en ouvrant les yeux du gouvernement sur votre conduite, nuire infailliblement un jour à votre liberté et à votre honneur.

— Je ne m'attendais pas à cette récrimination, monsieur, répondit Mme de Franval ; et quand, séduite par vous, ma fille se rend à la fois coupable d'inceste, d'adultère, de libertinage et de l'ingratitude la plus odieuse envers celle qui l'a mise au monde... oui, je l'avoue, je n'imaginais pas que, d'après cette complication d'horreurs, ce fût à moi de redouter des plaintes : il faut tout votre art, toute votre méchanceté, monsieur, pour, en excusant le crime avec autant d'audace, accuser l'innocence !

— Je n'ignore pas, madame, que les prétextes de votre scène ont été les odieux soupçons que vous osez former sur moi ; mais des chimères ne légitiment pas des crimes : ce que vous avez pensé est faux ; ce que vous avez fait n'a malheureusement que trop de réalité. Vous vous étonnez des reproches que vous a adressés ma fille à l'occasion de votre intrigue avec Valmont ; mais, madame, elle ne dévoile les irrégularités de votre conduite qu'après tout Paris : cet arrangement est si connu... les preuves, malheureusement, si constantes, que ceux qui vous en parlent commettent tout au plus une imprudence, mais non pas une calomnie.

– Moi, monsieur ! dit cette respectable épouse, en se levant indignée... moi, des arrangements avec Valmont ?... juste ciel ! c'est vous qui le dites ! (Et avec des flots de larmes) Ingrat ! voilà le prix de ma tendresse... voilà la récompense de t'avoir tant aimé : tu n'es pas content de m'outrager aussi cruellement, il ne te suffit pas de séduire ma propre fille ; il faut encore que tu oses légitimer tes crimes en m'en prêtant qui seraient plus affreux pour moi que la mort... (Et se reprenant) Vous avez des preuves de cette intrigue, monsieur, dites-vous, faites-les voir, j'exige qu'elles soient publiques, je vous contraindrai de les faire paraître à toute la terre, si vous refusez de me les montrer.

– Non, madame, je ne les montrerai point à toute la terre, ce n'est pas communément un mari qui fait éclater ces sortes de choses ; il en gémit et les cache de son mieux ; mais si vous les exigez, vous, madame, je ne vous les refuserai certainement point... (Et sortant alors un portefeuille de sa poche) Asseyez-vous, dit-il, ceci doit être vérifié avec calme ; l'humeur et l'emportement nuiraient sans me convaincre : remettez-vous donc, je vous prie, et discutons ceci de sang-froid.

Mme de Franval, bien parfaitement convaincue de son innocence, ne savait que penser de ces préparatifs ; et sa surprise, mêlée d'effroi, la tenait dans un état violent.

– Voici d'abord, madame, dit Franval, en vidant un des côtés du portefeuille, toute votre correspondance avec Valmont depuis environ six mois : n'accusez point ce jeune homme d'imprudence ou d'indiscrétion ; il est trop honnête sans doute pour oser vous manquer à ce point. Mais un de ses gens, plus adroit que lui n'est attentif, a trouvé le secret de me procurer ces monuments précieux de votre extrême sagesse et de votre éminente vertu. (Puis feuilletant les lettres qu'il éparpillait sur la table) Trouvez bon, continua-t-il, que parmi beaucoup de ces bavardages ordinaires d'une femme échauffée... par un homme fort aimable... j'en choisisse une qui m'a paru plus leste et plus décisive encore que les autres... La voici, madame :

Mon ennuyeux époux soupe ce soir à sa petite maison du faubourg avec cette créature horrible... et qu'il est impossible que j'aie mise au monde : venez, mon cher, me consoler de tous les chagrins que me donnent ces deux monstres... Que dis-je ? n'est-ce pas le plus grand service qu'ils puissent me rendre à présent, et cette intrigue n'empêchera-t-elle pas mon mari d'apercevoir la nôtre ? Qu'il en resserre donc les nœuds autant qu'il lui plaira ; mais qu'il ne s'avise point au moins de vouloir briser ceux qui m'attachent au seul homme que j'aie vraiment adoré dans le monde.

– Eh bien ! madame ?

– Eh bien ! monsieur, je vous admire, répondit Mme de Franval, chaque jour ajoute à l'incroyable estime que vous êtes fait pour mériter ; et quelques grandes qualités que je vous aie reconnues jusqu'à présent, je l'avoue, je ne vous savais pas encore celles de faussaire et de calomniateur.

– Ah ! vous niez ?

– Point du tout ; je ne demande qu'à être convaincue ; nous ferons nommer des juges... des experts ; et nous demanderons, si vous le voulez bien, la peine la plus rigoureuse pour celui des deux qui sera le coupable !

– Voilà ce qu'on appelle de l'effronterie : allons, j'aime mieux cela que de la douleur... poursuivons. Que vous ayez un amant, madame, dit Franval, en secouant l'autre partie du portefeuille, avec une jolie figure et un *ennuyeux époux*, rien que de très simple assurément ; mais qu'à votre âge vous entreteniez cet amant, et cela à mes frais, c'est ce que vous me permettrez de ne pas trouver aussi simple... Cependant voici pour cent mille écus de mémoires, ou payés par vous, ou arrêtés de votre main en faveur de Valmont ; daignez les parcourir, je vous conjure, ajouta ce monstre en les lui présentant sans les lui laisser toucher...

À Zaïde, bijoutier.

Arrêté le présent mémoire de la somme de vingt-deux mille livres pour le compte de M. de Valmont, par arrangement avec lui.

FARNEILLE DE FRANVAL.

À Jamet, marchand de chevaux, six mille livres... c'est cet attelage bai-brun qui fait aujourd'hui les délices de Valmont et l'admiration de tout Paris... Oui, madame, en voilà pour *trois cent mille deux cent quatre-vingt-trois livres dix sols,* dont vous devez encore plus d'un tiers, et dont vous avez

64

très loyalement acquitté le reste... Eh bien ! madame ?

— Ah ! monsieur, quant à cette fraude, elle est trop grossière pour me causer la plus légère inquiétude ; je n'exige qu'une chose pour confondre ceux qui l'inventent contre moi... que les gens à qui j'ai, dit-on, arrêté ces mémoires, paraissent, et qu'ils fassent serment que j'ai eu affaire à eux.

— Ils le feront, madame, n'en doutez pas ; m'auraient-ils eux-mêmes prévenu de votre conduite, s'ils n'étaient décidés à soutenir ce qu'ils ont déclaré ? L'un d'eux devait même, sans moi, vous faire assigner aujourd'hui...

Des pleurs amers jaillissent alors des beaux yeux de cette malheureuse femme ; son courage cesse de la soutenir, elle tombe dans un accès de désespoir, mêlé de symptômes effrayants, elle frappe sa tête contre les marbres qui l'entourent, elle se meurtrit le visage.

— Monsieur, s'écrie-t-elle, en se jetant aux pieds de son époux, daignez vous défaire de moi, je vous en supplie, par des moyens moins lents et moins affreux ! Puisque mon existence gêne vos crimes, anéantissez-la d'un seul coup... ne me plongez pas si lentement au tombeau...

Suis-je coupable de vous avoir aimé ?... de m'être révoltée contre ce qui m'enlevait aussi cruellement votre cœur ?... Eh bien ! punis-m'en, barbare, oui, prends ce fer, dit-elle, en se jetant sur l'épée de son mari, prends-le, te dis-je, et perce-moi le sein sans pitié ; mais que je meure au moins digne de ton estime, que j'em-porte au tombeau, pour unique consolation, la certitude que tu me crois incapable des infamies dont tu ne m'accuses... que pour couvrir les tiennes...

Et elle était à genoux, renversée aux pieds de Franval, ses mains saignantes et blessées du fer nu dont elle s'efforçait de se saisir pour déchirer son sein ; ce beau sein était découvert, ses che-veux en désordre y retombaient, en s'inondant des larmes qu'elle répandait à grands flots ; ja-mais la douleur n'eut plus de pathétique et plus d'expression, jamais on ne l'avait vue sous les détails plus touchants, plus intéressants et plus nobles...

— Non, madame, dit Franval, en s'opposant au mouvement, non, ce n'est pas votre mort que l'on veut, c'est votre punition ; je conçois votre repentir, vos pleurs ne m'étonnent point, vous êtes furieuse d'être découverte ; ces dispositions me plaisent en vous, elles me font augurer un amendement... que précipitera sans doute le sort que je vous destine, et je vole y donner mes soins.

— Arrête, Franval ! s'écrie cette malheureuse, n'ébruite pas ton déshonneur, n'apprends pas toi-même au public que tu es à la fois parjure, faussaire, incestueux et calomniateur... Tu veux te défaire de moi, je te fuirai, j'irai chercher quelque asile où ton souvenir même échappe à ma mémoire... tu seras libre, tu seras criminel impunément... oui, je t'oublierai... si je le puis, cruel, ou si ta déchirante image ne peut s'effacer de mon cœur, si elle me poursuit encore dans mon obscurité profonde... je ne l'anéantirai pas, perfide, cet effort serait au-dessus de moi, non, je ne l'anéantirai pas, mais je me punirai de mon aveuglement, et j'ensevelirai dès lors, dans l'horreur des tombeaux, l'autel coupable où tu fus trop chéri...

À ces mots, derniers élans d'une âme accablée par une maladie récente, l'infortunée s'évanouit et tomba sans connaissance. Les froides ombres de la mort s'étendirent sur les roses de ce beau teint, déjà flétries par l'aiguillon du désespoir, on ne vit plus qu'une masse inanimée, que ne pouvaient pourtant abandonner les grâces, la modestie, la pudeur... tous les attraits de la vertu. Le monstre sort, il va jouir, avec sa coupable fille, du triomphe effrayant que le vice, ou plutôt la scélératesse, ose emporter sur l'innocence et sur le malheur.

Ces détails plurent infiniment à l'exécrable fille de Franval, elle aurait voulu les voir... il aurait fallu porter l'horreur plus loin, il aurait fallu que Valmont triomphât des rigueurs de sa mère, que Franval surprît leurs amours. Quels moyens, si tout cela eût eu lieu, quels moyens de justification fût-il resté à leur victime ? et n'était-il pas important de les ravir tous ? Telle était Eugénie.

Cependant, la malheureuse épouse de Franval n'ayant que le sein de sa mère qui pût s'entrouvrir à ses larmes, ne fut pas longtemps à lui faire part de ses nouveaux sujets de chagrin ; ce fut alors que Mme de Farneille imagina que l'âge, l'état, la considération personnelle de M. de Clervil, pourraient peut-être produire quelques bons effets sur son gendre ; rien n'est confiant comme le malheur ; elle mit, le mieux qu'elle put, ce respectable ecclésiastique au fait de tous les désordres de Franval, elle le convainquit de ce qu'il n'avait jamais voulu croire, elle lui enjoignit surtout de n'employer, avec un tel scélérat, que cette éloquence persuasive, plutôt faite pour le cœur que pour l'esprit ; après qu'il aurait causé avec ce perfide, elle lui recommanda d'obtenir une entrevue d'Eugénie, où il mettrait de même en usage tout ce qu'il croirait de plus propre à éclairer cette jeune malheureuse sur l'abîme ouvert sous ses pas, et à la ramener, s'il était possible au sein de sa mère et de la vertu.

Franval, instruit que Clervil devait demander à voir sa fille et lui, eut le temps de se combiner avec elle, et, leurs projets bien disposés, ils firent savoir au directeur de Mme de Farneille que l'un et l'autre étaient prêts à l'entendre. La crédule Franval espérait tout de l'éloquence de ce guide spirituel ; les malheureux saisissent les chimères avec tant d'avidité ; et, pour se procurer une jouissance que la vérité leur refuse, ils réalisent avec beaucoup d'art toutes les illusions !

Clervil arrive : il était neuf heures du matin ; Franval le reçoit dans l'appartement où il avait coutume de passer les nuits avec sa fille ; il l'avait fait orner avec toute l'élégance imaginable, en y laissant néanmoins régner une sorte de désordre qui constatait ses criminels plaisirs...

Eugénie, près de là, pouvait tout entendre, afin de se mieux disposer à l'entrevue qu'on lui destinait à son tour.

— Ce n'est qu'avec la plus grande crainte de vous déranger, monsieur, dit Clervil, que j'ose me présenter devant vous ; les gens de notre état sont communément si à charge aux personnes qui, comme vous, passent leur vie dans les voluptés de ce monde, que je me reproche d'avoir consenti aux désirs de Mme de Farneille, en vous faisant demander la permission de vous entretenir un instant.

— Asseyez-vous, monsieur, et tant que le langage de la justice et de la raison régnera dans vos discours, ne redoutez jamais l'ennui pour moi.

— Vous êtes adoré d'une jeune épouse pleine de charmes et de vertus, qu'on vous accuse de rendre bien malheureuse, monsieur ; n'ayant pour elle que son innocence et sa candeur, n'ayant que l'oreille de sa mère qui puisse écouter ses plaintes, vous idolâtrant toujours malgré vos torts, vous imaginez aisément quelle doit être l'horreur de sa position !

— Je voudrais, monsieur, que nous allassions au fait, il me semble que vous employez des détours ; quel est l'objet de votre mission ?

— De vous rendre au bonheur, s'il était possible.

— Donc, si je me trouve heureux comme je suis, vous ne devez plus rien avoir à me dire ?

— Il est impossible, monsieur, que le bonheur puisse se trouver dans le crime.

— J'en conviens ; mais celui qui, par des études profondes, par des réflexions mûres, a pu mettre son esprit au point de ne soupçonner de mal à rien, de voir avec la plus tranquille indifférence toutes les actions humaines, de les considérer toutes comme des résultats nécessaires d'une puissance, telle qu'elle soit, qui tantôt bonne et tantôt perverse, mais toujours impérieuse, nous inspire tour à tour ce que les hommes approuvent ou ce qu'ils condamnent, mais jamais rien qui la dérange ou qui la trouble, celui-là, dis-je, vous en conviendrez, monsieur, peut se trouver aussi heureux, en se conduisant comme je le fais, que vous l'êtes dans la carrière que vous parcourez : le bonheur est idéal, il est l'ouvrage de l'imagination ; c'est une manière d'être mû, qui dépend uniquement de notre façon de voir et de sentir ; il n'est, excepté la satisfaction des besoins, aucune chose qui rende tous les hommes également heureux ; nous voyons chaque jour un individu le devenir, de ce qui déplaît souverainement à un autre ; il n'y a donc point de bonheur certain, il ne peut en exister pour nous d'autre que celui que nous nous formons en raison de nos organes et de nos principes.

— Je le sais, monsieur, mais si l'esprit nous trompe, la conscience ne nous égare jamais, et voilà le livre où la nature écrit tous nos devoirs.

— Et n'en faisons-nous pas ce que nous voulons, de cette conscience factice ? l'habitude la ploie, elle est pour nous une cire molle qui prend sous nos doigts toutes les formes ; si ce livre était aussi sûr que vous le dites, l'homme n'aurait-il pas une conscience invariable ? d'un bout de la terre à l'autre, toutes les actions ne seraient-elles pas les mêmes pour lui ? et cependant cela est-il ? l'Hottentot tremble-t-il de ce qui effraie le Français ? et celui-ci ne fait-il pas tous les jours ce qui le ferait punir au Japon ? Non, monsieur, non, il n'y a rien de réel dans le monde, rien qui mérite louange ou blâme, rien qui soit digne d'être récompensé ou puni, rien qui, injuste ici, ne soit légitime à cinq cents lieues de là, aucun mal réel, en un mot, aucun bien constant.

– Ne le croyez pas, monsieur ; la vertu n'est point une chimère ; il ne s'agit pas de savoir si une chose est bonne ici, ou mauvaise à quelques degrés de là, pour lui assigner une détermination précise de crime ou de vertu, et s'assurer d'y trouver le bonheur en raison du choix qu'on en aura fait ; l'unique félicité de l'homme ne peut se trouver que dans la soumission la plus entière aux lois de son pays ; il faut, ou qu'il les respecte, ou qu'il soit misérable, point de milieu entre leur infraction ou l'infortune. Ce n'est pas, si vous le voulez, de ces choses en elles-mêmes, d'où naissent les maux qui nous accablent, quand nous nous y livrons lorsqu'elles sont défendues, c'est de la lésion que ces choses, bonnes ou mauvaises intrinsèquement, font aux conventions sociales du climat que nous habitons. Il n'y a certainement aucun mal à préférer la promenade des boulevards à celle des Champs-Élysées ; s'il se promulguait néanmoins une loi, qui interdît les boulevards aux citoyens, celui qui enfreindrait cette loi se préparerait peut-être une chaîne éternelle de malheurs, quoiqu'il n'eût fait qu'une chose très simple en l'enfreignant ; l'habitude, d'ailleurs, de rompre des freins ordinaires fait bientôt briser les plus sérieux, et, d'erreurs en erreurs, on arrive à des crimes, faits pour être punis dans tous les pays de l'univers, faits pour inspirer de l'effroi à toutes les créatures raisonnables qui habitent le globe, sous quelque pôle que ce puisse être. S'il n'y a pas une conscience universelle pour l'homme, il y en a donc une nationale, relative à l'existence que nous avons reçue de la nature, et dans laquelle sa main imprime nos devoirs, en traits que nous n'effaçons point sans danger. Par exemple, monsieur, votre famille vous accuse d'inceste ; de quelques sophismes que l'on se soit servi pour légitimer ce crime, pour en amoindrir l'horreur, quelque spécieux qu'aient été les raisonnements entrepris sur cette matière, de quelque autorité qu'on les ait appuyés par des exemples pris chez les nations voisines, il n'en reste pas moins démontré que ce délit, qui n'est tel que chez quelques peuples, ne soit certainement dangereux, là où les lois l'interdisent ; il n'en est pas moins certain qu'il peut entraîner après lui les plus affreux inconvénients, et des crimes nécessités par ce premier ; ... des crimes, dis-je, les plus faits pour être en horreur aux hommes. Si vous eussiez épousé votre fille sur les bords du Gange, où ces mariages sont permis, peut-être n'eussiez-vous fait qu'un mal très inférieur ; dans un gouvernement où ces alliances sont défendues, en offrant ce tableau révoltant au public... aux yeux d'une femme qui vous adore, et que cette perfidie met au tombeau, vous commettez, sans doute, une action épouvantable, un délit qui tend à briser les plus saints nœuds de la nature, ceux qui, attachant votre fille à l'être dont elle a reçu le jour, doivent lui rendre cet être le plus respectable et le plus sacré de tous les objets. Vous obligez cette fille à mépriser des devoirs aussi précieux, vous lui faites haïr celle qui l'a portée dans son sein ; vous préparez, sans vous en apercevoir, les armes qu'elle peut diriger contre vous ; vous ne lui présentez aucun système, vous ne lui inculquez aucun principe, où ne soit gravée votre condamnation ; et si son bras attente un jour à votre vie, vous aurez vous-même aiguisé les poignards.

— Votre manière de raisonner, si différente de celle des gens de votre état, répondit Franval, va m'engager d'abord à de la confiance, monsieur ; je pourrais nier votre inculpation ; ma franchise à me dévoiler vis-à-vis de vous va vous obliger, je l'espère, à croire également les torts de ma

femme, quand j'emploierai, pour vous les exposer, la même vérité qui va guider l'aveu des
miens. Oui, monsieur, j'aime ma fille, je l'aime
avec passion, elle est ma maîtresse, ma femme,
ma sœur, ma confidente, mon amie, mon unique dieu sur la terre, elle a tous les titres enfin
qui peuvent obtenir les hommages d'un cœur, et
tous ceux du mien lui sont dus ; ces sentiments
dureront autant que ma vie ; je dois donc les
justifier, sans doute, ne pouvant parvenir à y renoncer.

Le premier devoir d'un père envers sa fille est
incontestablement, vous en conviendrez, monsieur, de lui procurer la plus grande somme de
bonheur possible ; s'il n'y est point parvenu, il
est en reste avec cette fille ; s'il a réussi, il est à
l'abri de tous les reproches. Je n'ai ni séduit ni
contraint Eugénie, cette considération est remar-
quable, ne la laissez pas échapper ; je ne lui ai
point caché le monde, je lui ai développé les
roses de l'hymen à côté des ronces qu'on y
trouve ; je me suis offert ensuite ; j'ai laissé
Eugénie libre de choisir, elle a eu tout le temps
de réflexion, elle n'a point balancé, elle a pro-
testé qu'elle ne trouvait le bonheur qu'avec
moi ; ai-je eu tort de lui donner, pour la rendre

heureuse, ce qu'avec connaissance de cause elle a paru préférer à tout ?

— Ces sophismes ne légitiment rien, monsieur ; vous ne deviez pas laisser entrevoir à votre fille, que l'être qu'elle ne pouvait préférer sans crime pouvait devenir l'objet de son bonheur ; quelque belle apparence que pût avoir un fruit, ne vous repentiriez-vous pas de l'offrir à quelqu'un, si vous étiez sûr que la mort fût cachée sous sa pulpe ? Non, monsieur, non, vous n'avez eu que vous pour objet, dans cette malheureuse conduite, et vous en avez rendu votre fille et la complice et la victime ; ces procédés sont impardonnables... et cette épouse vertueuse et sensible, dont vous déchirez le sein à plaisir, quels torts a-t-elle à vos yeux ? quels torts, homme injuste... quel autre que celui de vous idolâtrer ?

— Voilà où je vous veux, monsieur, et c'est sur cet objet que j'attends de vous de la confiance ; j'ai quelque droit d'en espérer, sans doute, après la manière pleine de franchise dont vous venez de me voir convenir de ce qu'on m'impute !

Et alors Franval, en montrant à Clervil les fausses lettres et les faux billets qu'il attribuait à sa femme, lui certifia que rien n'était plus réel

que ces pièces, et que l'intrigue de Mme de Franval avec celui qu'elles avaient pour objet. Clervil savait tout :

— Eh bien ! monsieur, dit-il alors fermement à
Franval, ai-je eu raison de vous dire qu'une er-
reur, vue d'abord comme sans conséquence en
elle-même, peut, en nous accoutumant à franchir des bornes, nous conduire aux derniers
excès du crime et de la méchanceté ? Vous avez
commencé par une action nulle à vos yeux, et
vous voyez, pour la légitimer ou la couvrir, toutes les infamies qu'il vous faut faire... Voulez-
vous m'en croire, monsieur, jetons au feu ces
impardonnables noirceurs, et oublions-en, je
vous conjure, jusqu'au plus léger souvenir.

— Ces pièces sont réelles, monsieur.

— Elles sont fausses.

— Vous ne pouvez être que dans le doute :
cet état suffit-il à me donner un démenti ?

— Permettez, monsieur, je n'ai pour les supposer vraies que ce que vous me dites, et vous
avez le plus grand intérêt à soutenir votre accu-
sation ; j'ai, pour croire ces pièces fausses, les
aveux de votre épouse, qui aurait également le
plus grand intérêt à me dire si elles étaient réelles, dans le cas où elles le seraient ; voilà comme

je juge, monsieur... l'intérêt des hommes, tel est
le véhicule de toutes leurs démarches, le grand
ressort de toutes leurs actions ; où je le trouve,
s'allume aussitôt pour moi le flambeau de la vérité ; cette règle ne me trompa jamais, il y a quarante ans que je m'en sers ; et la vertu de votre
femme n'anéantira-t-elle pas, d'ailleurs, à tous
les yeux cette abominable calomnie ? est-ce avec
sa franchise, est-ce avec sa candeur, est-ce avec
l'amour dont elle brûle encore pour vous, qu'on
se permet de telles atrocités ? Non, monsieur,
non, ce ne sont point là les débuts du crime, en
en connaissant aussi bien les effets, vous en deviez mieux diriger les fils.

— Des invectives, monsieur !

— Pardon l'injustice, la calomnie, le libertinage, révoltent si souverainement mon âme,
que je ne suis quelquefois pas le maître de l'agitation où ces horreurs me plongent ; brûlons ces
papiers, monsieur, je vous le demande encore
avec instance... brûlons-les, pour votre honneur
et pour votre repos.

— Je n'imaginais pas, monsieur, dit Franval,
en se levant, qu'avec le ministère que vous exer-
cez, on devînt aussi facilement l'apologiste... le
protecteur de l'inconduite et de l'adultère ; ma

femme me flétrit, elle me ruine, je vous le prouve ; votre aveuglement sur elle vous fait préférer de m'accuser moi-même et de me supposer plutôt un calomniateur, qu'elle une femme perfide et débauchée ! Eh bien, monsieur, les lois en décideront, tous les tribunaux de France retentiront de mes plaintes, j'y porterai mes preuves, j'y publierai mon déshonneur, et nous verrons alors si vous aurez encore la bonhomie, ou plutôt la sottise, de protéger contre moi une aussi impudente créature.

— Je me retirerai donc, monsieur, dit Clervil, en se levant aussi ; je n'imaginais pas que les travers de votre esprit altérassent autant les qualités de votre cœur, et qu'aveuglé par une vengeance injuste, vous devinssiez capable de soutenir de sang-froid ce que put enfanter le délire... Ah ! monsieur, comme tout ceci me convainc, mieux que jamais, que quand l'homme a franchi le plus sacré de ses devoirs, il se permet bientôt de pulvériser tous les autres... Si vos réflexions vous ramènent, vous daignerez me faire avertir, monsieur, et vous trouverez toujours, dans votre famille et moi, des amis prêts à vous recevoir... M'est-il permis de voir un instant mademoiselle votre fille ?

– Vous en êtes le maître, monsieur ; je vous exhorte même à faire valoir auprès d'elle, ou des moyens plus éloquents, ou des ressources plus sûres, pour lui présenter ces vérités lumineuses, où je n'ai eu le malheur d'apercevoir que de l'aveuglement et des sophismes.

Clervil passa chez Eugénie. Elle l'attendait dans le déshabillé le plus coquet et le plus élégant ; cette sorte d'indécence, fruit de l'abandon de soi-même et du crime, régnait impudemment dans ses gestes et dans ses regards, et la perfide, outrageant les grâces qui l'embellissaient malgré elle, réunissait, et ce qui peut enflammer le vice, et ce qui révolte la vertu.

N'appartenant pas à une jeune fille d'entrer dans des détails aussi profonds, qu'à un philosophe comme Franval, Eugénie s'en tint au persiflage ; peu à peu, elle en vint aux agaceries les plus décidées ; mais s'apercevant bientôt que ses séductions étaient perdues, et qu'un homme aussi vertueux que celui auquel elle avait affaire ne se prendrait pas à ses pièges, elle coupe adroitement les nœuds qui retiennent le voile de ses charmes, et, se mettant ainsi dans le plus grand désordre avant que Clervil ait le temps de s'en apercevoir :

– Le misérable ! dit-elle en jetant les hauts cris, qu'on éloigne ce monstre ! que l'on cache surtout son crime à mon père. Juste ciel ! j'attends de lui des conseils pieux... et le malhonnête homme en veut à ma pudeur !... Voyez, dit-elle à ses gens accourus sur ses cris, voyez l'état où l'impudent m'a mise ; les voilà, les voilà, ces bénins sectateurs d'une divinité qu'ils outragent ; le scandale, la débauche, la séduction, voilà ce qui compose leurs mœurs, et, dupes de leur fausse vertu, nous osons sottement les révérer encore.

Clervil, très irrité d'un pareil esclandre, parvint pourtant à cacher son trouble ; et se retirant avec sang-froid, au travers de la foule qui l'entoure :

– Que le ciel, dit-il paisiblement, conserve cette infortunée... qu'il la rende meilleure s'il le peut, et que personne dans sa maison n'attente plus que moi sur des sentiments de vertu... que je venais bien moins pour flétrir que pour ranimer dans son cœur.

Tel fut le seul fruit que Mme de Farneille et sa fille recueillirent d'une négociation dont elles avaient tant espéré. Elles étaient loin de connaître les dégradations que le crime occasionne dans l'âme des scélérats ; ce qui agirait sur les autres, les aigrit, et c'est dans les leçons mêmes de la sagesse qu'ils trouvent de l'encouragement au mal.

De ce moment, tout s'envenima de part et d'autre, Franval et Eugénie virent bien qu'il fallait convaincre Mme de Franval de ses prétendus torts, d'une manière qui ne lui permît plus d'en douter ; et Mme de Farneille, de concert avec sa fille, projeta très sérieusement de faire enlever Eugénie. On en parla à Clervil : cet honnête ami refusa de prendre part à d'aussi vives résolutions ; il avait, disait-il, été trop maltraité dans cette affaire pour pouvoir autre chose qu'implorer la grâce des coupables, il la demandait avec instance, et se défendait constamment de tout autre genre d'office ou de médiation. Quelle sublimité de sentiments ! Pourquoi cette noblesse est-elle si rare dans les individus de cette robe ? ou pourquoi cet homme unique en portait-il une si flétrie ? Commençons par les tentatives de Franval.

Valmont reparut.

— Tu es un imbécile, lui dit le coupable amant d'Eugénie, tu es indigne d'être mon élève ; et je te tympanise aux yeux de tout Paris si, dans une seconde entrevue, tu ne te conduis pas mieux avec ma femme ; il faut l'avoir, mon ami, mais l'avoir authentiquement, il faut que mes yeux me convainquent de sa défaite... il faut enfin que je puisse ôter à cette détestable créature tout moyen d'excuse et de défense.

– Mais si elle résiste ? répondit Valmont.

– Tu emploieras la violence... J'aurai soin d'écarter tout le monde... Effraie-la, menace-la : qu'importe ?... Je regarderai comme autant de services signalés de ta part tous les moyens de ton triomphe.

– Écoute, dit alors Valmont, je consens à ce que tu me proposes, je te donne ma parole que ta femme cédera ; mais j'exige une condition, rien de fait si tu la refuses ; la jalousie ne doit entrer pour rien dans nos arrangements, tu le sais ; j'exige donc que tu me laisses passer un seul quart d'heure avec Eugénie... tu n'imagines pas comme je me conduirai, quand j'aurai joui du plaisir d'entretenir un moment ta fille...

– Mais, Valmont...

– Je conçois tes craintes ; mais si tu me crois ton ami, je ne te les pardonne pas, je n'aspire qu'aux charmes de voir Eugénie seule et de l'entretenir une minute.

— Valmont, dit Franval un peu étonné, tu mets à tes services un prix beaucoup trop cher ; je connais, comme toi, tous les ridicules de la jalousie, mais j'idolâtre celle dont tu me parles, et je céderais plutôt ma fortune que ses faveurs.

— Je n'y prétends pas, sois tranquille.

Et Franval, qui voit bien que, dans le nombre de ses connaissances, aucun être n'est capable de le servir comme Valmont, s'opposant vivement à ce qu'il échappe...

— Eh bien ! lui dit-il avec un peu d'humeur, je le répète, tes services sont chers ; en les acquittant de cette façon, tu me tiens quitte de la reconnaissance.

— Oh ! la reconnaissance n'est le prix que des services honnêtes ; elle ne s'allumera jamais dans ton cœur pour ceux que je vais te rendre ; il y a mieux, c'est qu'ils nous brouilleront avant deux mois... Va, mon ami, je connais l'homme... ses travers... ses écarts, et toutes les suites qu'ils entraînent ; place cet animal, le plus méchant de tous, dans telle situation qu'il te plaira, et je ne manquerai pas un seul résultat sur tes données. Je veux donc être payé d'avance, ou je ne fais rien.

— J'accepte, dit Franval.

— Eh bien ! répondit Valmont, tout dépend de ta volonté maintenant : j'agirai quand tu voudras.

— Il me faut quelques jours pour mes préparatifs, dit Franval, mais dans quatre au plus je suis à toi.

M. de Franval avait élevé sa fille de manière à être bien sûr que ce ne serait pas l'excès de sa pudeur qui lui ferait refuser de se prêter aux plans combinés avec son ami ; mais il était jaloux, Eugénie le savait ; elle l'adorait pour le moins autant qu'elle en était chérie, et elle avoua à Franval, dès qu'elle sut de quoi il s'agissait, qu'elle redoutait infiniment que ce tête-à-tête n'eût des suites. Franval, qui croyait connaître assez Valmont pour être sûr qu'il n'y aurait dans tout cela que quelques aliments pour sa tête, mais aucun danger pour son cœur, dissipa de son mieux les craintes de sa fille, et tout se prépara.

Tel fut l'instant où Franval apprit, par des gens sûrs et totalement à lui dans la maison de sa belle-mère, qu'Eugénie courait de grands risques, et que Mme de Farneille était au moment d'obtenir un ordre pour la faire enlever. Franval ne doute pas que le complot ne soit l'ouvrage de

Clervil ; et laissant là pour un moment les projets de Valmont, il ne s'occupe que du soin de
se défaire du malheureux ecclésiastique qu'il
croit si faussement l'instigateur de tout ; il sème
l'or, ce véhicule puissant de tous les vices est
placé par lui dans mille mains diverses : six coquins affidés lui répondent enfin d'exécuter ses
ordres.

Un soir, au moment où Clervil, qui soupait
souvent chez Mme de Farneille, s'en retire seul,
et à pied, on l'enveloppe... on le saisit... on lui
dit que c'est de la part du gouvernement. On lui
montre un ordre contrefait, on le jette dans une
chaise de poste, et on le conduit en toute diligence dans les prisons d'un château isolé que
possédait Franval, au fond des Ardennes. Là, le
malheureux est recommandé, au concierge de
cette terre, comme un scélérat qui a voulu attenter à la vie de son maître ; et les meilleures précautions se prennent pour que cette victime
infortunée, dont le seul tort est d'avoir usé de
trop d'indulgence envers ceux qui l'outragent
aussi cruellement, ne puisse jamais reparaître au
jour.

Mme de Farneille fut au désespoir. Elle ne
douta point que le coup ne partît de la main de

son gendre ; les soins nécessaires à retrouver Clervil ralentirent un peu ceux de l'enlèvement d'Eugénie ; avec un très petit nombre de connaissances et un crédit fort médiocre, il était difficile de s'occuper à la fois de deux objets aussi importants, d'ailleurs cette action vigoureuse de Franval en avait imposé. On ne pensa donc qu'au directeur ; mais toutes les recherches furent vaines ; notre scélérat avait si bien pris ses mesures, qu'il devint impossible de rien découvrir : Mme de Franval n'osait trop questionner son mari, ils ne s'étaient pas encore parlé depuis la dernière scène, mais la grandeur de l'intérêt anéantit toute considération ; elle eut enfin le courage de demander à son tyran si son projet était d'ajouter à tous les mauvais procédés qu'il avait pour elle, celui d'avoir privé sa mère du meilleur ami qu'elle eût au monde. Le monstre se défendit ; il poussa la fausseté jusqu'à s'offrir pour faire des recherches ; voyant que pour préparer la scène de Valmont, il avait besoin d'adoucir l'esprit de sa femme, en renouvelant sa parole de tout mettre en mouvement pour retrouver Clervil, il prodigua les caresses à cette crédule épouse, l'assura que quelque infidélité qu'il lui fît, il lui devenait impossible de ne pas l'adorer au fond de l'âme ; et Mme de Franval, toujours complaisante et douce, toujours heureuse de ce qui la rapprochait d'un homme qui lui était plus cher que la vie, se prêta à tous les désirs de cet époux perfide, les prévint, les servit, les partagea tous, sans oser profiter du moment, comme elle l'aurait dû, pour obtenir au moins de ce barbare une conduite meilleure, et qui ne plongeât pas chaque jour sa malheureuse épouse dans un abîme de tourments et de maux. Mais l'eût-elle fait, le succès eût-il couronné ses tentatives ? Franval, si faux dans toutes les actions de sa vie, devait-il être plus sincère dans celle qui n'avait, selon lui, d'attraits qu'autant qu'on y franchissait quelques digues ? Il eût tout promis, sans doute, pour le seul plaisir de tout enfreindre, peut-être même eût-il désiré qu'on exigeât de lui des serments, pour ajouter les attraits du parjure à ses affreuses jouissances.

Franval, absolument en repos, ne songea plus qu'à troubler les autres ; tel était le genre de son caractère vindicatif, turbulent, impétueux, quand on l'inquiétait, redésirant sa tranquillité à quelque prix que ce pût être, et ne prenant maladroitement, pour l'avoir, que les moyens les plus capables de la lui faire perdre de nouveau. L'obtenait-il ? ce n'était plus qu'à nuire qu'il employait toutes ses facultés morales et physiques ; ainsi, toujours en agitation, ou il fallait qu'il prévînt les artifices qu'il contraignait les autres à employer contre lui, ou il fallait qu'il en dirigeât contre eux.

Tout était disposé pour satisfaire Valmont ; et son tête-à-tête eut lieu près d'une heure dans l'appartement même d'Eugénie.

[Là, dans une salle décorée, Eugénie, nue sur un piédestal, représentait une jeune sauvage fatiguée de la chasse, et, s'appuyant sur un tronc de palmier, dont les branches élevées cachaient une infinité de lumières disposées de façon que les reflets, ne portant que sur les charmes de cette belle fille, les faisaient valoir avec le plus d'art. L'espèce de petit théâtre où paraissait cette statue animée se trouvait environné d'un canal plein d'eau et de six pieds de large, qui servait de barrière à la jeune sauvage et l'empêchait d'être approchée de nulle part. Au bord de cette circonvallation, était placé le fauteuil [de Valmont] ; un cordon de soie y répondait : en manœuvrant ce filet, il faisait tourner le piédestal en telle sorte que l'objet de son culte pouvait être aperçu par lui de tous côtés, et l'attitude était telle, qu'en quelque manière qu'elle fût dirigée, elle se trouvait toujours agréable. [Franval], caché derrière une décoration du bosquet, pouvait à la fois porter ses yeux sur sa maîtresse et sur son ami, et l'examen, d'après la dernière convention, devait être d'une demi-heure... Valmont se place... il est dans l'ivresse, jamais autant d'attraits ne se sont, dit-il, offerts à sa vue ; il cède aux transports qui l'enflamment. Le cordon, variant sans cesse, lui offre à tout instant des attraits nouveaux : auquel sacrifiera-t-il ? lequel sera préféré ? il l'ignore ; tout est si beau dans Eugénie ! Cependant les minutes s'écoulent ; elles passent vite dans de telles circonstances ; l'heure frappe : le chevalier s'abandonne, et l'encens vole aux pieds du dieu dont le sanctuaire lui est interdit. Une gaze tombe, il faut se retirer.]

— Eh bien ! es-tu content ? dit Franval, en rejoignant son ami.

— C'est une créature délicieuse, répondit Valmont ; mais, Franval, je te le conseille, ne hasarde pas pareille chose avec un autre homme, et félicite-toi des sentiments qui, dans mon cœur, doivent te garantir de tous dangers.

– J'y compte, répondit Franval assez sérieusement, agis donc maintenant au plus tôt.

– Je préparerai demain ta femme... tu sens
qu'il faut une conversation préliminaire... quatre
jours après tu peux être sûr de moi.

Les paroles se donnent et l'on se sépare.

Mais il s'en fallut bien qu'après une telle entrevue, Valmont eût envie de trahir Mme Franval,
ou d'assurer à son ami une conquête dont il
n'était devenu que trop envieux. Eugénie avait
fait sur lui des impressions assez profondes pour
qu'il ne pût y renoncer ; il était résolu de l'obtenir pour femme, à quelque prix que ce pût être.
En y pensant mûrement, dès que l'intrigue
d'Eugénie avec son père ne le rebutait pas, il
était bien certain que, sa fortune égalant celle de
Colunce, il pouvait à tout aussi juste titre préten-
dre à la même alliance ; il imagina donc qu'en se
présentant pour époux, il ne pouvait pas être refusé, et qu'en agissant avec ardeur, pour rompre
les liens incestueux d'Eugénie, en répondant à la
famille d'y réussir, il obtiendrait infailliblement
l'objet de son culte... à une affaire près avec
Franval, dont son courage et son adresse lui faisaient espérer le succès. Vingt-quatre heures suf-
fisent à ces réflexions, et c'est tout plein de ces

idées que Valmont se rend chez Mme de Franval. Elle était avertie ; dans sa dernière entrevue avec son mari, on se rappelle qu'elle s'était presque raccommodée, ou plutôt qu'ayant cédé aux artifices insidieux de ce perfide, elle ne pouvait plus refuser la visite de Valmont. Elle lui avait pourtant objecté les billets, les propos, les idées qu'avait eues Franval ; mais lui, n'ayant plus l'air de songer à rien, l'avait très assurée que la plus sûre façon de faire croire que tout cela était faux, ou n'existait plus, était de voir son ami comme à l'ordinaire ; s'y refuser, assurait-il, légitimerait ses soupçons ; la meilleure preuve qu'une femme puisse fournir de son honnêteté, lui avait-il dit, est de continuer à voir publiquement celui dont on a tenu des propos relatifs à elle : tout cela était sophistique ; Mme de Franval le sentait à merveille, mais elle espérait une explication de Valmont ; le désir de l'avoir, joint à celui de ne point fâcher son époux, avait fait disparaître à ses yeux tout ce qui aurait dû raisonnablement l'empêcher de voir ce jeune homme. Il arrive donc, et Franval, se hâtant de sortir, les laisse aux prises comme la dernière fois : les éclaircissements devaient être vifs et longs ; Valmont, plein de ses idées, abrège tout et vient au fait.

– Oh ! madame, ne voyez plus en moi le même homme qui se rendit si coupable à vos yeux la dernière fois qu'il vous entretint, se pressa-t-il de dire ; j'étais alors le complice des torts de votre époux, j'en deviens aujourd'hui le réparateur ; mais prenez confiance en moi, madame ; daignez vous pénétrer de la parole d'honneur que je vous donne de ne venir ici ni pour vous mentir, ni pour vous en imposer sur rien.

Alors il convint de l'histoire des faux billets et des lettres contrefaites ; il demanda mille excuses de s'y être prêté ; il prévint Mme de Franval des nouvelles horreurs qu'on exigeait encore de lui, et, pour constater sa franchise, il avoua ses sentiments pour Eugénie, dévoila ce qui s'était fait, s'engagea à tout rompre, à enlever Eugénie à Franval, et à la conduire en Picardie, dans une des terres de Mme de Farneille, si l'une et l'autre de ces dames lui en accordaient la permission, et lui promettaient en mariage, pour récompense, celle qu'il aurait retirée de l'abîme.

Ces discours, ces aveux de Valmont, portaient un tel caractère de vérité, que Mme de Franval ne put s'empêcher d'être convaincue ; Valmont était un excellent parti pour sa fille ;

après la mauvaise conduite d'Eugénie, pouvait-elle espérer autant ? Valmont se chargeait de tout, il n'y avait pas d'autre moyen de faire cesser le crime affreux qui désespérait Mme de Franval ; ne devait-elle pas se flatter, d'ailleurs, du retour des sentiments de son époux, après la rupture de la seule intrigue qui réellement pût devenir dangereuse et pour elle et pour lui ? Ces considérations la décidèrent, elle se rendit, mais aux conditions que Valmont lui donnerait sa parole de ne point se battre contre son mari, de passer en pays étranger après avoir rendu Eugénie à Mme de Farneille, et d'y rester jusqu'à ce que la tête de Franval fût devenue assez calme pour se consoler de la perte de ses illicites amours, et consentir enfin au mariage. Valmont s'engagea à tout ; Mme de Franval, de son côté, lui répondit des intentions de sa mère ; elle l'assura qu'elle ne contrarierait en rien les résolutions qu'ils prenaient ensemble, et Valmont se retira en renouvelant ses excuses à Mme de Franval, d'avoir pu se porter contre elle à tout ce que son malhonnête époux en avait exigé. Dès le lendemain, Mme de Farneille, instruite, partit pour la Picardie, et Franval, noyé dans le tourbillon perpétuel de ses plaisirs, comptant solidement sur Valmont, ne craignant plus Clervil, se jeta dans le piège préparé, avec la même *bonhomie* qu'il désirait si souvent voir aux autres, quand à son tour il avait envie de les y faire tomber.

Depuis environ six mois, Eugénie, qui touchait à sa dix-septième année, sortait assez souvent seule, ou avec quelques-unes de ses amies. La veille du jour où Valmont, par arrangement pris avec son ami, devait attaquer Mme de Franval, elle était absolument seule à une pièce nouvelle des Français, et elle en revenait de même, devant aller chercher son père dans une maison où il lui avait donné rendez-vous, afin de se rendre ensemble dans celle où tous deux soupaient... À peine la voiture de Mlle de Franval a-t-elle quitté le faubourg Saint-Germain, que dix hommes masqués arrêtent les chevaux, ouvrent la portière, se saisissent d'Eugénie, et la jettent dans une chaise de poste, à côté de Valmont, qui, prenant toutes sortes de précautions pour empêcher les cris, recommande la plus extrême diligence, et se trouve hors de Paris en un clin d'œil.

Il était malheureusement devenu impossible de se défaire des gens et du carrosse d'Eugénie, moyennant quoi Franval fut averti fort vite. Valmont, pour se mettre à couvert, avait compté sur l'incertitude où serait Franval de la route qu'il prendrait, et sur les deux ou trois heures d'avance qu'il devrait nécessairement avoir. Pourvu qu'il touchât la terre de Mme de Farneille, c'était tout ce qu'il fallait, parce que, de là, deux femmes sûres, et une voiture de poste, attendaient Eugénie pour la conduire sur les frontières, dans un asile ignoré même de Valmont, qui, passant tout de suite en Hollande, ne reparaissait plus que pour épouser sa maîtresse, dès que Mme de Farneille et sa fille lui feraient savoir qu'il n'y avait plus d'obstacles ; mais la fortune permit que ces sages projets échouassent, près des horribles desseins du scélérat dont il s'agit.

Franval, instruit, ne perd pas un instant, il se rend à la poste, il demande pour quelle route on a donné des chevaux depuis six heures du soir. À sept heures, il est parti une berline pour Lyon, à huit, une chaise de poste pour la Picardie ; Franval ne balance pas, la berline de Lyon ne doit assurément pas l'intéresser, mais une chaise de poste faisant route vers une province où Mme de Farneille a des terres, c'est cela, en douter serait une folie ; il fait donc mettre promptement les huit meilleurs chevaux de la poste sur la voiture dans laquelle il se trouve, il fait prendre des bidets à ses gens, achète et charge des pistolets pendant qu'on attelle, et vole comme un trait où le conduisent l'amour, le désespoir et la vengeance. En relayant à Senlis, il apprend que la chaise qu'il poursuit en sort à peine... Franval ordonne qu'on fende l'air ; pour son malheur, il atteint la voiture ; ses gens et lui, le pistolet à la main, arrêtent le postillon de Valmont, et l'impétueux Franval, reconnaissant son adversaire, lui brûle la cervelle avant qu'il ne se mette en défense, arrache Eugénie mourante, se jette avec elle dans son carrosse, et se retrouve à Paris avant dix heures du matin. Peu inquiet de tout ce qui vient d'arriver, Franval ne s'occupe que d'Eugénie... Le perfide Valmont n'a-t-il point voulu profiter des circonstances ? Eugénie est-elle encore fidèle, et ses coupables nœuds ne sont-ils pas flétris ? Mlle de Franval rassure son père. Valmont n'a fait que lui dévoiler son projet, et plein d'espoir de l'épouser bientôt, il s'est gardé de profaner l'autel où il voulait offrir des vœux purs ; les serments d'Eugénie rassurent Franval... Mais sa femme… était-elle au fait de ces manœuvres… s'y était-elle prêtée ? Eugénie, qui avait eu le temps de s'instruire, certifie que tout est l'ouvrage de sa mère, à laquelle elle prodigue les noms les plus odieux, et que cette fatale entrevue, où Franval s'imaginait que Valmont se préparait à le servir si bien, était positivement celle où il le trahissait avec le plus d'impudence.

— Ah ! dit Franval, furieux, que n'a-t-il encore mille vies… j'irais les lui arracher toutes, les unes après les autres !... Et ma femme !... quand je cherchais à l'étourdir… elle était la première à me tromper… cette créature que l'on croit si douce… cet ange de vertu… Ah ! traîtresse, traîtresse, tu paieras cher ton crime… il faut du sang à ma vengeance, et j'irai, s'il le faut, le puiser de mes lèvres dans tes veines perfides… Tranquillise-toi, Eugénie, poursuit Franval dans un état violent… oui, tranquillise-toi, le repos te devient nécessaire, va le goûter pendant quelques heures, je veillerai seul à tout ceci.

Cependant Mme de Farneille, qui avait placé des espions sur la route, n'est pas longtemps sans être avertie de tout ce qui vient de se passer ; sachant sa petite-fille reprise et Valmont tué, elle accourt promptement à Paris… Furieuse, elle assemble sur-le-champ son conseil ; on lui fait voir que le meurtre de Valmont va livrer Franval entre ses mains, que le crédit qu'elle redoute va s'éclipser dans un instant, et qu'elle redevient aussitôt maîtresse et de sa fille et d'Eugénie ; mais on lui recommande de prévenir l'éclat, et, dans la crainte d'une procédure flétrissante, de solliciter un ordre qui puisse mettre son gendre à couvert. Franval, aussitôt instruit de ces avis et des démarches qui en deviennent les suites, apprenant à la fois que son affaire se sait, et que sa belle-mère n'attend, lui dit-on, que son désastre pour en profiter, vole aussitôt à Versailles, voit le ministre, lui confie tout, et n'en reçoit pour réponse que le conseil d'aller se cacher promptement dans celle de ses terres qu'il possède en Alsace, sur les frontières de la Suisse. Franval revient à l'instant chez lui, et, dans le dessein de ne pas manquer sa vengeance, de punir la trahison de sa femme et de se trouver toujours possesseur d'objets assez chers à Mme de Farneille, pour qu'elle n'ose, politiquement au moins, prendre parti contre lui, il se résout de ne partir pour Valmor, cette terre que lui a conseillée le ministre, de n'y aller, dis-je, qu'accompagné de sa femme et de sa fille... Mais Mme de Franval acceptera-t-elle ? se sentant coupable de l'espèce de trahison qui a occasionné tout ce qui arrive, pourra-t-elle s'éloigner autant ? osera-t-elle se confier sans crainte aux bras d'un époux outragé ? Telle est l'inquiétude de Franval ; pour savoir à quoi s'en tenir, il entre à l'instant chez sa femme, qui savait déjà tout.

— Madame, lui dit-il avec sang-froid, vous m'avez plongé dans un abîme de malheurs par des indiscrétions bien peu réfléchies ; en en blâmant l'effet, j'en approuve néanmoins la cause, elle est assurément dans votre amour pour votre fille et pour moi ; et comme les premiers torts m'appartiennent, je dois oublier les seconds. Chère et tendre moitié de ma vie, continue-t-il, en tombant aux genoux de sa femme, voulez-vous accepter une réconciliation que rien ne puisse troubler désormais ; je viens vous l'offrir, et voici ce que je mets en vos mains pour la sceller...

Alors il dépose aux pieds de son épouse tous les papiers contrefaits de la prétendue correspondance de Valmont.

— Brûlez tout cela, chère amie, je vous conjure, poursuit le traître, avec des larmes feintes, et pardonnez ce que la jalousie m'a fait faire : bannissons toute aigreur entre nous ; j'ai de grands torts, je le confesse ; mais qui sait si Valmont, pour réussir dans ses projets, ne m'a point noirci près de vous bien plus que je ne le mérite ?... S'il avait osé dire que j'eusse pu cesser de vous aimer... que vous n'eussiez pas toujours été l'objet le plus précieux et le plus respectable qui fût pour moi dans l'univers ; ah ! cher ange, s'il se fût souillé de ces calomnies, que j'aurais bien fait de priver le monde d'un pareil fourbe et d'un tel imposteur !

– Oh ! monsieur, dit Mme de Franval en larmes, est-il possible de concevoir les atrocités que vous enfantâtes contre moi ? Quelle confiance voulez-vous que je prenne en vous, après de telles horreurs ?

– Je veux que vous m'aimiez encore, ô la plus tendre et la plus aimable des femmes ! je veux qu'accusant uniquement ma tête de la multitude de mes écarts, vous vous convainquiez que jamais ce cœur, où vous régnâtes éternellement, ne pût être capable de vous trahir... oui, je veux que vous sachiez qu'il n'est pas une de mes erreurs qui ne m'ait rapproché plus vivement de vous... Plus je m'éloignais de ma chère épouse, moins je voyais la possibilité de la retrouver dans rien ; ni les plaisirs, ni les sentiments n'égalaient ceux que mon inconstance me faisait perdre avec elle, et dans les bras mêmes de son image, je regrettais la réalité... Oh ! chère et divine amie, où trouver une âme comme la tienne ! où goûter les faveurs qu'on cueille dans tes bras ! Oui, j'abjure tous mes égarements... je ne veux plus vivre que pour toi seule au monde... que pour rétablir, dans ton cœur ulcéré, cet amour si justement détruit par des torts... dont j'abjure jusqu'au souvenir.

Il était impossible à Mme de Franval de résister à des expressions aussi tendres de la part d'un homme qu'elle adorait toujours ; peut-on haïr ce qu'on a bien aimé ? Avec l'âme délicate et sensible de cette intéressante femme, voit-on de sang-froid, à ses pieds, noyé des larmes du remords, l'objet qui fut si précieux ? Des sanglots s'échappèrent...

— Moi, dit-elle, en pressant sur son cœur les mains de son époux... moi qui n'ai jamais cessé de t'idolâtrer, cruel ! c'est moi que tu désespères à plaisir !... ah ! le ciel m'est témoin que de tous les fléaux dont tu pouvais me frapper, la crainte d'avoir perdu ton cœur, ou d'être soupçonnée par toi, devenait le plus sanglant de tous !... Et quel objet encore tu prends pour m'outrager ?... ma fille !... c'est de ses mains dont tu perces mon cœur... tu veux me forcer de haïr celle que la nature m'a rendue si chère ?

— Ah ! dit Franval, toujours plus enflammé, je veux la ramener à tes genoux, je veux qu'elle y abjure, comme moi, son impudence et ses torts... qu'elle obtienne, comme moi, son pardon. Ne nous occupons plus tous trois que de notre mutuel bonheur. Je vais te rendre ta fille... rends-moi mon épouse... et fuyons.

— Fuir, grand Dieu !

— Mon aventure fait du bruit... je puis être perdu demain... Mes amis, le ministre, tous m'ont conseillé un voyage à Valmor... Daigneras-tu m'y suivre, ô mon amie ? Serait-ce à l'instant où je demande à tes pieds mon pardon, que tu déchirerais mon cœur par un refus ?

— Tu m'effraies... Quoi, cette affaire !...

— Se traite comme un meurtre, et non comme un duel.

— Ô Dieu ! et c'est moi qui en suis cause !... Ordonne... ordonne, dispose de moi, cher époux... Je te suis, s'il le faut, au bout de la terre... Ah ! je suis la plus malheureuse des femmes !

— Dis la plus fortunée sans doute, puisque tous les instants de ma vie vont être consacrés à changer désormais en fleurs les épines dont j'entourais tes pas... un désert ne suffit-il pas quand on s'aime ? D'ailleurs ceci ne peut être éternel : mes amis, prévenus, vont agir.

— Et ma mère... je voudrais la voir...

— Ah ! garde-t'en bien, chère amie, j'ai des preuves sûres qu'elle aigrit les parents de Valmont... qu'elle-même, avec eux, sollicite ma perte...

— Elle en est incapable ; cesse d'imaginer ces perfides horreurs ; son âme, faite pour aimer, n'a jamais connu l'imposture... tu ne l'apprécias jamais bien, Franval... que ne sus-tu l'aimer comme moi ? nous eussions trouvé dans ses bras la félicité sur la terre, c'était l'ange de paix qu'offrait le ciel aux erreurs de ta vie, ton injustice a repoussé son sein, toujours ouvert à ta tendresse, et, par inconséquence ou caprice, par ingratitude ou libertinage, tu t'es volontairement privé de la meilleure et de la plus tendre amie qu'eût créée pour toi la nature : eh bien ! je ne la verrai donc pas ?

— Non, je te le demande avec instance... les moments sont si précieux ! Tu lui écriras, tu lui peindras mon repentir... Peut-être se rendra-t-elle à mes remords... peut-être recouvrerai-je un jour son estime et son cœur ; tout s'apaisera, nous reviendrons... nous reviendrons jouir dans ses bras de son pardon et de sa tendresse... Mais éloignons-nous maintenant, chère amie... il le faut dès l'heure même, et les voitures nous attendent...

Mme de Franval, effrayée, n'ose plus rien répondre ; elle se prépare : un désir de Franval n'est-il pas un ordre pour elle ? Le traître vole à sa fille ; il la conduit aux pieds de sa mère ; la fausse créature s'y jette avec autant de perfidie que son père : elle pleure, elle implore sa grâce, elle l'obtient. Mme de Franval l'embrasse ; il est si difficile d'oublier qu'on est mère, quelque outrage qu'on ait reçu de ses enfants... la voix de la nature est si impérieuse dans une âme sensible, qu'une seule larme de ces objets sacrés suffit à nous faire oublier dans eux vingt ans d'erreurs ou de travers.

On partit pour Valmor. L'extrême diligence qu'on était obligé de mettre à ce voyage légitima aux yeux de Mme de Franval, toujours crédule et toujours aveuglée, le petit nombre de domestiques qu'on emmenait. Le crime évite les regards... il les craint tous ; sa sécurité ne se trouvant possible que dans les ombres du mystère, il s'en enveloppe quand il veut agir.

Rien ne se démentit à la campagne ; assiduités, égards, attentions, respects, preuves de tendresse d'une part... du plus violent amour de l'autre, tout fut prodigué, tout séduisit la malheureuse Franval... Au bout du monde, éloignée de sa mère, dans le fond d'une solitude horrible, elle se trouvait heureuse, puisqu'elle avait, disait-elle, le cœur de son mari, et que sa fille, sans cesse à ses genoux, ne s'occupait que de lui plaire.

Les appartements d'Eugénie et de son père ne se trouvaient plus voisins l'un de l'autre ; Franval logeait à l'extrémité du château, Eugénie tout près de sa mère ; et la décence, la régularité, la pudeur, remplaçaient à Valmor, dans le degré le plus éminent, tous les désordres de la capitale. Chaque nuit, Franval se rendait auprès de son épouse, et le fourbe, au sein de l'innocence, de la candeur et de l'amour, osait impudemment nourrir l'espoir de ses horreurs. Assez cruel pour n'être pas désarmé par ces caresses naïves et brûlantes, que lui prodiguait la plus délicate des femmes, c'était au flambeau de l'amour même que le scélérat allumait celui de la vengeance.

On imagine pourtant bien que les assiduités de Franval pour Eugénie ne se ralentissaient pas. Le matin, pendant la toilette de sa mère, Eugénie rencontrait son père au fond des jardins ; elle en obtenait à son tour, et les avis nécessaires à la conduite du moment et les faveurs qu'elle était loin de vouloir céder totalement à sa rivale.

Il n'y avait pas huit jours que l'on était arrivé dans cette retraite, lorsque Franval y apprit que la famille de Valmont le poursuivait à outrance, et que l'affaire allait se traiter de la manière la plus grave ; il devenait, disait-on, impossible de la faire passer pour un duel, il y avait eu malheureusement trop de témoins ; rien de plus certain d'ailleurs, ajoutait-on à Franval, que Mme de Farneille était à la tête des ennemis de son gendre, pour achever de le perdre en le privant de sa liberté, ou en le contraignant à sortir de France, afin de faire incessamment rentrer sous son aile les deux objets chéris qui s'en séparaient. Franval montra ces lettres à sa femme ; elle prit à l'instant la plume pour calmer sa mère, pour l'engager à une façon de penser différente, et pour lui peindre le bonheur dont elle jouissait, depuis que l'infortune avait amolli l'âme de son malheureux époux ; elle assurait d'ailleurs qu'on emploierait en vain toute sorte de procédés pour la faire revenir à Paris avec sa fille, qu'elle était résolue de ne point quitter Valmor que l'affaire de son mari ne fût arrangée ; et que si la méchanceté de ses ennemis, ou l'absurdité de ses juges, lui faisait encourir un arrêt qui dût le flétrir, elle était parfaitement décidée à s'expatrier avec lui. Franval remercia sa femme ; mais n'ayant nulle envie d'attendre le sort que l'on lui préparait, il la prévint qu'il allait passer quelque temps en Suisse, qu'il lui laissait Eugénie, et les conjurait toutes deux de ne pas s'éloigner de Valmor que son destin ne fût éclairci ; que, quel qu'il fût, il reviendrait toujours passer vingt-quatre heures avec sa chère épouse pour aviser de concert au moyen de retourner à Paris, si rien ne s'y opposait, ou d'aller, dans le cas contraire, vivre quelque part en sûreté.

Ces résolutions prises, Franval, qui ne perdait point de vue que l'imprudence de sa femme avec Valmont était l'unique cause de ses revers, et qui ne respirait que la vengeance, fit dire à sa fille qu'il l'attendait au fond du parc, et, s'étant enfermé avec elle dans un pavillon solitaire, après lui avoir fait jurer la soumission la plus aveugle à tout ce qu'il allait lui prescrire, il l'embrasse, et lui parle de la manière suivante :

– Vous me perdez, ma fille... peut-être pour jamais... (et voyant Eugénie en larmes)... Calmez-vous, mon ange, lui dit-il, il ne tient qu'à vous que notre bonheur renaisse, et qu'en France, ou ailleurs, nous ne nous retrouvions, à peu de chose près, aussi heureux que nous l'étions. Vous êtes, je me flatte, Eugénie, aussi convaincue qu'il est possible de l'être, que votre mère est la seule cause de tous nos malheurs ; vous savez que je n'ai pas perdu ma vengeance de vue ; si je l'ai déguisée aux yeux de ma femme, vous en avez connu les motifs, vous les avez approuvés, vous m'avez aidé à former le bandeau dont il était prudent de l'aveugler ; nous voici au terme, Eugénie, il faut agir, votre tranquillité en dépend, ce que vous allez entreprendre assure à jamais la mienne ; vous m'entendrez, j'espère, et vous avez trop d'esprit, pour que ce que je vous propose puisse vous alarmer un instant... Oui, ma fille, il faut agir, il le faut sans délais, il le faut sans remords, et ce doit être votre ouvrage. Votre mère a voulu vous rendre malheureuse, elle a souillé les nœuds qu'elle réclame, elle en a perdu les droits : dès lors, non seulement elle n'est plus pour vous qu'une femme ordinaire, mais elle devient même votre plus mortelle ennemie ; or, la loi de la nature la plus intimement gravée dans nos âmes est de nous défaire les premiers, si nous le pouvons, de ceux qui conspirent contre nous ; cette loi sacrée, qui nous meut et qui nous inspire sans cesse, ne mit point en nous l'amour du prochain avant celui que nous nous devons à nous-mêmes... d'abord nous, et les autres ensuite, voilà la marche de la nature ; aucun respect, par conséquent, aucun ménagement pour les autres, sitôt qu'ils ont prouvé que notre infortune ou notre perte était le seul objet de leurs vœux ; se conduire différemment, ma fille, serait préférer les autres à nous, et cela serait absurde. Maintenant, venons aux motifs qui doivent décider l'action que je vous conseille.

Je suis obligé de m'éloigner, vous en savez les raisons ; si je vous laisse avec cette femme, avant un mois, gagnée par sa mère, elle vous ramène à Paris, et comme vous ne pouvez plus être mariée après l'éclat qui vient d'être fait, soyez bien sûre que ces deux cruelles personnes ne deviendront maîtresses de vous, que pour vous faire éternellement pleurer dans un cloître, et votre faiblesse et nos plaisirs. C'est votre grand-mère, Eugénie, qui poursuit contre moi, c'est elle qui se réunit à mes ennemis pour achever de m'écraser ; de tels procédés de sa part peuvent-ils avoir d'autre objet que celui de vous ravoir, et vous aura-t-elle sans vous renfermer ? Plus mes affaires s'enveniment, plus le parti qui nous tourmente prend de la force et du crédit. Or, il ne faut pas douter que votre mère ne soit intérieurement à la tête de ce parti, il ne faut pas douter qu'elle ne le rejoigne dès que je serai absent ; cependant ce parti ne veut ma perte que pour vous rendre la plus malheureuse des femmes ; il faut donc se hâter de l'affaiblir, et c'est lui enlever sa plus grande énergie que d'en soustraire Mme de Franval. Prendrons-nous un autre arrangement ? vous emmènerai-je avec moi ? Votre mère, irritée, rejoint aussitôt la sienne, et dès lors, Eugénie, plus un seul instant de tranquillité pour nous ; nous serons recherchés, poursuivis partout ; pas un pays n'aura le droit de nous donner un asile, pas un refuge sur la surface du globe ne deviendra sacré... inviola-

ble, aux yeux des monstres dont nous poursui-
vra la rage ; ignorez-vous à quelle distance
atteignent ces armes odieuses du despotisme et
de la tyrannie, lorsque, payées au poids de l'or,
la méchanceté les dirige ? Votre mère morte, au
contraire, Mme de Farneille, qui l'aime plus que
vous, et qui n'agit dans tout que pour elle,
voyant son parti diminué du seul être qui réellement l'attache à ce parti, abandonnera tout,
n'excitera plus mes ennemis... ne les enflam-
mera plus contre moi. De ce moment, de deux
choses l'une, ou l'affaire de Valmont s'arrange,
et rien ne s'oppose plus à notre retour à Paris,
ou elle devient plus mauvaise, et, contraints
alors à passer chez l'étranger, au moins y som-
mes-nous à l'abri des traits de la Farneille, qui,
tant que votre mère vivra, n'aura pour but que
notre malheur, parce que, encore une fois, elle
s'imagine que la félicité de sa fille ne peut être
établie que sur notre chute.

De quelque côté que vous envisagiez notre position, vous y verrez donc Mme de Franval traver-
sant dans tout notre repos, et sa détestable
existence le plus sûr empêchement à notre félicité.

Eugénie, Eugénie, poursuit Franval avec chaleur, en prenant les deux mains de sa fille...

chère Eugénie, tu m'aimes, veux-tu donc, dans la crainte d'une action... aussi essentielle à nos intérêts, perdre à jamais celui qui t'adore ? ô chère et tendre amie ! décide-toi, tu n'en peux conserver qu'un des deux ; nécessairement par-ricide, tu n'as plus que le choix du cœur où tes criminels poignards doivent s'enfoncer ; ou il faut que ta mère périsse, ou il faut renoncer à moi... que dis-je ? il faut que tu m'égorges moi-même... Vivrais-je, hélas ! sans toi ?... crois-tu qu'il me serait possible d'exister sans mon Eugé-nie ? résisterai-je au souvenir des plaisirs que j'aurai goûtés dans ces bras... à ces plaisirs déli-cieux, éternellement perdus pour mes sens ? Ton crime, Eugénie, ton crime est le même en l'un et l'autre cas ; ou il faut détruire une mère qui t'abhorre et qui ne vit que pour ton mal-heur, ou il faut assassiner un père qui ne respire que pour toi. Choisis, choisis, donc, Eugénie, et si c'est moi que tu condamnes, ne balance pas, fille ingrate, déchire sans pitié ce cœur dont trop d'amour est le seul tort, je bénirai les coups qui viendront de ta main, et mon dernier soupir sera pour t'adorer.

Franval se tait pour écouter la réponse de sa fille ; mais une réflexion profonde paraît la tenir en suspens... elle s'élance à la fin dans les bras de son père.

– Ô toi que j'aimerai toute ma vie ! s'écrie-t-elle, peux-tu douter du parti que je prends ? peux-tu soupçonner mon courage ? Arme à l'instant mes mains, et celle que proscrivent ses horreurs et ta sûreté va bientôt tomber sous mes coups ; instruis-moi, Franval, règle ma conduite, pars, puisque ta tranquillité l'exige... j'agirai pendant ton absence, je t'instruirai de tout ; mais quelque tournure que prennent les affaires... notre ennemie perdue, ne me laisse pas seule en ce château, je l'exige... viens m'y reprendre, ou fais-moi part des lieux où je pourrai te joindre.

– Fille chérie, dit Franval, en embrassant le monstre qu'il a trop su séduire, je savais bien que je trouverais en toi tous les sentiments d'amour et de fermeté nécessaires à notre mutuel bonheur... Prends cette boîte... la mort est dans son sein...

Eugénie prend la funeste boîte, elle renouvelle ses serments à son père ; les autres résolutions se déterminent ; il est arrangé qu'elle attendra l'événement du procès, et que le crime projeté aura lieu ou non, en raison de ce qui se

décidera pour ou contre son père... On se sépare, Franval revient trouver son épouse, il
porte l'audace et la fausseté jusqu'à l'inonder de
larmes, jusqu'à recevoir, sans se démentir, les
caresses touchantes et pleines de candeur prodi-
guées par cet ange céleste. Puis étant convenu
qu'elle restera sûrement en Alsace avec sa fille,
quel que soit le succès de son affaire, le scélérat
monte à cheval, et s'éloigne... il s'éloigne de l'innocence et de la vertu, si longtemps souillées
par ses crimes.

Franval fut s'établir à Bâle, afin de se trouver,
moyennant cela, et à l'abri des poursuites qu'on
pourrait faire contre lui, et, en même temps,
aussi près de Valmor qu'il était possible, pour
que ses lettres pussent, à son défaut, entretenir
dans Eugénie les dispositions qu'il y désirait... Il
y avait environ vingt-cinq lieues de Bâle à Valmor, mais des communications assez faciles,
quoique au milieu des bois de la Forêt-Noire,
pour qu'il pût se procurer une fois la semaine
des nouvelles de sa fille. À tout hasard, Franval
avait emporté des sommes immenses, mais plus
encore en papier qu'en argent. Laissons-le s'établir en Suisse, et retournons auprès de sa
femme.

Rien de pur, rien de sincère comme les intentions de cette excellente créature ; elle avait promis à son époux de rester à cette campagne, jusqu'à ses nouveaux ordres ; rien n'eût fait changer ses résolutions, elle en assurait chaque jour Eugénie... Trop malheureusement éloignée de prendre en elle la confiance que cette respectable mère était faite pour lui inspirer, partageant toujours l'injustice de Franval, qui en nourrissait les semences par des lettres réglées, Eugénie n'imaginait pas qu'elle pût avoir au monde une plus grande ennemie que sa mère. Il n'y avait pourtant rien que ne fît celle-ci pour détruire dans sa fille l'éloignement invincible que cette ingrate conservait au fond de son cœur ; elle l'accablait de caresses et d'amitiés, elle se félicitait tendrement avec elle de l'heureux retour de son mari, portait la douceur et l'aménité au point de remercier quelquefois Eugénie, et de lui laisser tout le mérite de cette heureuse conversion ; ensuite, elle se désolait d'être devenue l'innocente cause des nouveaux malheurs qui menaçaient Franval ; loin d'en accuser Eugénie, elle ne s'en prenait qu'à elle-même, et, la pressant sur son sein, elle lui demandait avec des larmes, si elle pourrait jamais lui pardonner... L'âme atroce d'Eugénie résistait à ces procédés angéliques, cette âme perverse n'entendait plus la voix de la nature, le vice avait fermé tous les chemins qui pouvaient arriver à elle... Se retirant froidement des bras de sa mère, elle la regardait avec des yeux quelquefois égarés, et se disait, pour s'encourager : *Comme cette femme est fausse... comme elle est perfide... elle me caressa de même le jour où elle me fit enlever.* Mais ces reproches injustes n'étaient que les sophismes abominables dont s'étaie le crime, quand il veut étouffer l'organe du devoir. Mme de Franval, en faisant enlever Eugénie pour le bonheur de l'une... pour la tranquillité de l'autre, et pour les intérêts de la vertu, avait pu déguiser ses démarches ; de telles feintes ne sont désapprouvées que par le coupable qu'elles trompent ; elles n'offensent pas la probité. Eugénie résistait donc à toute la tendresse de Mme de Franval, parce qu'elle avait envie de commettre une horreur, et nullement à cause des torts d'une mère qui sûrement n'en avait aucun vis-à-vis de sa fille.

Vers la fin du premier mois de séjour à Valmor, Mme de Farneille écrivit à sa fille que l'affaire de son mari devenait des plus sérieuses, et que, d'après la crainte d'un arrêt flétrissant, le retour de Mme de Franval et d'Eugénie devenait d'une extrême nécessité, tant pour en imposer au public, qui tenait les plus mauvais propos, que pour se joindre à elle, et solliciter ensemble un arrangement qui pût désarmer la justice, et répondre du coupable sans le sacrifier.

Mme de Franval, qui s'était décidée à n'avoir aucun mystère pour sa fille, lui montra sur-le-champ cette lettre. Eugénie, de sang-froid, demanda, en fixant sa mère, quel était, à ces tristes nouvelles, le parti qu'elle avait envie de prendre.

– Je l'ignore, reprit Mme de Franval... Dans le fait, à quoi servons-nous ici ? ne serions-nous pas mille fois plus utiles à mon mari, en suivant les conseils de ma mère ?

– Vous êtes la maîtresse, madame, répondit Eugénie, je suis faite pour vous obéir, et ma soumission vous est assurée...

Mais Mme de Franval, voyant bien à la sécheresse de cette réponse que ce parti ne convient pas à sa fille, lui dit qu'elle attendra encore, qu'elle va récrire, et qu'Eugénie peut être sûre que, si elle manque aux intentions de Franval, ce ne sera que dans l'extrême certitude de lui être plus utile à Paris qu'à Valmor.

Un autre mois se passa de cette manière, pendant lequel Franval ne cessait d'écrire à sa femme et à sa fille, et d'en recevoir les lettres les plus faites pour lui être agréables, puisqu'il ne voyait dans les unes qu'une parfaite condescendance à ses désirs, et dans les autres qu'une fermeté la plus entière aux résolutions du crime projeté, dès que la tournure des affaires l'exigerait, ou dès que Mme de Franval aurait l'air de se rendre aux sollicitations de sa mère ; car, disait Eugénie dans ses lettres, si je ne remarque dans votre femme que de la droiture et de la franchise, et si les amis qui servent vos affaires à Paris parviennent à les finir, je vous remettrai le soin dont vous m'avez chargée, et vous le remplirez vous-même quand nous serons ensemble, si vous le jugez alors à propos, à moins pourtant que, dans tous les cas, vous ne m'ordonniez d'agir, et que vous ne le trouviez indispensable, alors je prendrai tout sur moi, soyez-en certain.

Franval approuva dans sa réponse tout ce que lui mandait sa fille, et telle fut la dernière lettre qu'il en reçut et qu'il écrivit. La poste d'ensuite n'en apporta plus. Franval s'inquiéta ; aussi peu satisfait du courrier d'après, il se désespère, et son agitation naturelle ne lui permettant plus d'attendre, il forme dès l'instant le projet de venir lui-même à Valmor savoir la cause des retards qui l'inquiètent aussi cruellement.

Il monte à cheval, suivi d'un valet fidèle ; il devait arriver le second jour, assez avant dans la nuit pour n'être reconnu de personne ; à l'entrée des bois qui couvrent le château de Valmor, et qui se réunissent à la Forêt-Noire vers l'orient, six hommes bien armés arrêtent Franval et son laquais ; ils demandent la bourse ; ces coquins sont instruits, ils savent à qui ils parlent, ils savent que Franval, impliqué dans une mauvaise affaire, ne marche jamais sans son portefeuille et prodigieusement d'or... Le valet résiste, il est étendu sans vie aux pieds de son cheval ; Franval, l'épée à la main, met pied à terre, il fond sur ces malheureux, il en blesse trois, et se trouve enveloppé par les autres ; on lui prend tout ce qu'il a, sans parvenir néanmoins à lui ravir son arme, et les voleurs s'échappent aussitôt qu'ils l'ont dépouillé ; Franval les suit, mais les brigands, fendant l'air avec leur vol et les chevaux, il devient impossible de savoir de quel côté se sont dirigés leurs pas.

Il faisait une nuit horrible, l'aquilon, la grêle... tous les éléments semblaient s'être déchaînés contre ce misérable... Il y a peut-être des cas où la nature, révoltée des crimes de celui qu'elle poursuit, veut l'accabler, avant de le retirer à elle, de tous les fléaux dont elle dispose... Franval, à moitié nu, mais tenant toujours son épée, s'éloigne comme il peut de ce lieu funeste, en se dirigeant du côté de Valmor. Connaissant mal les environs d'une terre dans laquelle il n'a été que la seule fois où nous l'y avons vu, il s'égare dans les routes obscures de cette forêt entièrement inconnue de lui... Épuisé de fatigue, anéanti par la douleur... dévoré d'inquiétude, tourmenté de la tempête, il se jette à terre, et là, les premières larmes qu'il ait versées de sa vie viennent par flots inonder ses yeux...

— Infortuné ! s'écrie-t-il, tout se réunit donc pour m'écraser enfin... pour me faire sentir le remords... c'était par la main du malheur qu'il devait pénétrer mon âme ; trompé par les douceurs de la prospérité, je l'aurais toujours méconnu. Ô toi, que j'outrageai si grièvement, toi, qui deviens peut-être en cet instant la proie de ma fureur et de ma barbarie !... épouse adorable... le monde, glorieux de ton existence, te posséderait-il encore ? la main du ciel a-t-elle arrêté mes horreurs ?... Eugénie ! fille trop crédule... trop indignement séduite par mes abominables artifices... la nature a-t-elle amolli ton cœur ?... a-t-elle suspendu les cruels effets de mon ascendant et de ta faiblesse ? est-il temps ?... est-il temps, juste ciel...

Tout à coup, le son plaintif et majestueux de plusieurs cloches, tristement élancé dans les nues, vient accroître l'horreur de son sort... Il s'émeut... il s'effraie...

– Qu'entends-je ? s'écrie-t-il en se levant... fille barbare... est-ce la mort ?... est-ce la vengeance ?... sont-ce les Furies de l'enfer qui viennent achever leur ouvrage ?... ces bruits m'annoncent-ils ?... où suis-je ? puis-je les entendre ?... Achève, ô ciel !... achève d'immoler le coupable... (et se prosternant)... Grand Dieu ! souffre que je mêle ma voix à ceux qui t'implorent en cet instant... vois mes remords et ta puissance, pardonne-moi de t'avoir méconnu... et daigne exaucer les vœux... les premiers vœux que j'ose élever vers toi ! Être suprême... préserve la vertu, garantis celle qui fut ta plus belle image en ce monde ; que ces sons, hélas ! que ces lugubres sons ne soient pas ceux que j'appréhende !

Et Franval égaré... ne sachant plus ni ce qu'il

123

fait, ni où il va, ne proférant que des mots décousus, suit le chemin qui se présente... Il entend quelqu'un... il revient à lui... il prête l'oreille... c'est un homme à cheval...

— Qui que vous soyez, s'écrie Franval, s'avançant vers cet homme... qui que vous puissiez être, ayez pitié d'un malheureux que la douleur égare ! Je suis prêt d'attenter à mes jours... instruisez-moi, secourez-moi, si vous êtes homme et compatissant... daignez me sauver de moi-même !

— Dieu ! répond une voix trop connue de cet infortuné, quoi ! vous ici... ô ciel ! éloignez-vous !

Et Clervil... c'était lui, c'était ce respectable mortel échappé des fers de Franval, que le sort envoyait vers ce malheureux dans le plus triste instant de sa vie, Clervil se jette à bas de son cheval, et vient tomber dans les bras de son ennemi.

— C'est vous, monsieur, dit Franval en pressant cet honnête homme sur son sein, c'est vous envers qui j'ai tant d'horreurs à me reprocher ?

— Calmez-vous,   monsieur,   calmez-vous, j'écarte de moi les malheurs qui viennent de m'entourer, je ne me souviens plus de ceux dont vous avez voulu me couvrir, quand le ciel me permet de vous être utile... et je vais vous l'être, monsieur, d'une façon cruelle sans doute, mais nécessaire... Asseyons-nous... jetons-nous au pied de ce cyprès, ce n'est plus qu'à sa feuille sinistre qu'il appartient de vous couronner maintenant... Ô mon cher Franval, que j'ai de revers à vous apprendre !... Pleurez... ô mon ami ! les larmes vous soulagent, et j'en dois arracher de vos yeux de bien plus amères encore... ils sont passés les jours de délices... ils se sont évanouis pour vous comme un songe, il ne vous reste plus que ceux de la douleur.

– Oh ! monsieur, je vous comprends... ces cloches...

– Elles vont porter aux pieds de l'Être suprême... les hommages, les vœux des tristes habitants de Valmor, à qui l'Éternel ne permit de connaître un ange que pour le plaindre et le regretter...

Alors Franval, tournant la pointe de son épée sur son cœur, allait trancher le fil de ses jours ; mais Clervil, prévenant cette action furieuse :

– Non, non, mon ami, s'écrie-t-il, ce n'est pas mourir qu'il faut, c'est réparer. Écoutez-moi, j'ai beaucoup de choses à vous dire, il est besoin de calme pour les entendre.

— Eh bien ! monsieur, parlez, je vous écoute ; enfoncez par degrés le poignard dans mon sein, il est juste qu'il soit oppressé comme il a voulu tourmenter les autres.

— Je serai court sur ce qui me regarde, monsieur, dit Clervil. Au bout de quelques mois du séjour affreux où vous m'aviez plongé, je fus assez heureux pour fléchir mon gardien ; il m'ouvrit les portes ; je lui recommandai surtout de cacher avec le plus grand soin l'injustice que vous vous étiez permise envers moi. Il n'en parlera pas, cher Franval, jamais il n'en parlera.

— Oh ! monsieur...

— Écoutez-moi, je vous le répète, j'ai bien d'autres choses à vous dire. De retour à Paris, j'appris votre malheureuse aventure... votre départ... Je partageai les larmes de Mme de Farneille... elles étaient plus sincères que vous ne l'avez cru ; je me joignis à cette digne femme pour engager Mme de Franval à nous ramener Eugénie, leur présence étant plus nécessaire à Paris qu'en Alsace... Vous lui aviez défendu d'abandonner Valmor… elle vous obéit... elle nous manda ces ordres, elle nous fit part de ses répugnances à les enfreindre ; elle balança tant qu'elle le put... vous fûtes condamné, Franval...

vous l'êtes. Vous avez perdu la tête comme coupable d'un meurtre de grands chemins : ni les sollicitations de Mme de Farneille, ni les démarches de vos parents et de vos amis n'ont pu détourner le glaive de la justice, vous avez succombé... vous êtes à jamais flétri... vous êtes ruiné... tous vos biens sont saisis... (Et sur un second mouvement furieux de Franval) Écoutez-moi, monsieur, écoutez-moi, je l'exige de vous comme une réparation à vos crimes ; je l'exige au nom du ciel que votre repentir peut désarmer encore. De ce moment, nous écrivîmes à Mme de Franval, nous lui apprîmes tout : sa mère lui annonça que sa présence étant devenue indispensable, elle m'envoyait à Valmor pour la décider absolument au départ : je suivis la lettre ; mais elle parvint malheureusement avant moi ; il n'était plus temps quand j'arrivai... votre horrible complot n'avait que trop réussi ; je trouvai Mme de Franval mourante... Oh ! monsieur, quelle scélératesse !... Mais votre état me touche, je cesse de vous reprocher vos crimes... Apprenez tout. Eugénie ne tint pas à ce spectacle ; son repentir, quand j'arrivai, s'exprimait déjà par les larmes et les sanglots les plus amers... Oh ! monsieur, comment vous rendre l'effet cruel de ces diverses situations !... Votre femme expirante... défigurée par les convulsions de la douleur... Eugénie, rendue à la nature, poussant des cris affreux, s'avouant coupable, invoquant la mort, voulant se la donner, tour à tour aux pieds de ceux qu'elle implore, tour à tour collée sur le sein de sa mère, cherchant à la ranimer de son souffle, à la réchauffer de ses larmes, à l'attendrir de ses remords ; tels étaient, monsieur, les tableaux sinistres qui frappèrent mes yeux, quand j'entrai chez vous. Mme de Franval me reconnut... elle me pressa les mains... les mouilla de ses pleurs, et prononça quelques mots que j'entendis avec difficulté, ils ne s'exhalaient qu'à peine de ce sein comprimé par les palpitations du venin... elle vous excusait... elle implorait le ciel pour vous... elle demandait surtout la grâce de sa fille... Vous le voyez, homme barbare, les dernières pensées, les derniers vœux de celle que vous déchiriez étaient encore pour votre bonheur. Je donnai tous mes soins ; je ranimai ceux des domestiques, j'employai les plus célèbres gens de l'art... je prodiguai les consolations à votre Eugénie ; touché de son horrible état, je ne crus pas devoir les lui refuser ; rien ne réussit : votre malheureuse femme rendit l'âme dans des tressaillements... dans des supplices impossibles à dire... À cette funeste époque, monsieur, je vis un des effets subits du remords qui m'avait été inconnu jusqu'à ce moment. Eugénie se précipite sur sa mère et meurt en même temps qu'elle : nous crûmes qu'elle n'était qu'évanouie... Non, toutes ses facultés étaient éteintes ; ses organes, absorbés par le choc de la situation, s'étaient anéantis à la fois, elle était réellement expirée de la violente secousse du remords, de la douleur et du désespoir... Oui, monsieur, toutes deux sont perdues pour vous ; et ces cloches, dont le son frappe encore vos oreilles, célèbrent à la fois deux créatures, nées l'une de l'autre pour votre bonheur, que vos forfaits ont rendues victimes de leur attachement pour vous, et dont les images sanglantes vous poursuivront jusqu'au sein des tombeaux.

Ô cher Franval ! avais-je tort de vous engager autrefois à sortir de l'abîme où vous précipitaient vos passions ; et blâmerez-vous, ridiculiserez-vous les sectateurs de la vertu ? auront-ils tort enfin d'encenser ses autels, quand ils verront autour du crime tant de troubles et tant de fléaux ?

Clervil se tait. Il jette ses regards sur Franval ; il le voit pétrifié par la douleur ; ses yeux étaient fixes, il en coulait des larmes, mais aucune expression ne pouvait arriver sur ses lèvres. Clervil lui demande les raisons de l'état de nudité dans lequel il le voit : Franval le lui apprend en deux mots.

– Ah ! monsieur, s'écria ce généreux mortel, que je suis heureux, même au milieu des horreurs qui m'environnent, de pouvoir au moins soulager votre état ! J'allais vous trouver à Bâle, j'allais vous apprendre tout, j'allais vous offrir le peu que je possède... Acceptez-le, je vous en conjure ; je ne suis pas riche, vous le savez... mais voilà cent louis... ce sont mes épargnes, c'est tout ce que j'ai... J'exige de vous...

– Homme généreux ! s'écrie Franval, en embrassant les genoux de cet honnête et rare ami, à moi ?... Ciel ! ai-je besoin de quelque chose après les pertes que j'essuie ! et c'est vous... vous que j'ai si mal traité... c'est vous qui volez à mon secours.

– Doit-on se souvenir des injures quand le malheur accable celui qui put nous les faire ? La vengeance qu'on lui doit en ce cas est de le soulager ; et d'où vient l'accabler encore, quand ses reproches le déchirent ?... monsieur, voilà la voix de la nature ; vous voyez bien que le culte sacré d'un Être suprême ne la contrarie pas comme vous vous l'imaginiez, puisque les conseils que l'une inspire ne sont que les lois sacrées de l'autre.

— Non, répondit Franval en se levant ; non, je n'ai plus besoin, monsieur, de rien, le ciel, me laissant ce dernier effet, poursuit-il en montrant son épée, m'apprend l'usage que j'en dois faire... (Et la regardant) C'est la même, oui, cher et unique ami, c'est la même arme que ma céleste femme saisit un jour pour s'en percer le sein, lorsque je l'accablais d'horreurs et de calomnies... c'est la même... Je trouverai peut-être des traces de ce sang sacré... il faut que le mien les efface... Avançons... gagnons quelque chaumière où je puisse vous faire part de mes dernières volontés... et puis nous nous quitterons pour toujours...

Ils marchent ; ils allaient chercher un chemin qui pût les rapprocher de quelque habitation... La nuit continuait d'envelopper la forêt de ses voiles... de tristes chants se font entendre, la pâle lueur de quelques flambeaux vient tout à coup dissiper les ténèbres... vient y jeter une teinte d'horreur qui ne peut être conçue que par des âmes sensibles ; le son des cloches redouble, il se joint à ces accents lugubres, qu'on ne distingue encore qu'à peine, la foudre, qui s'est tue jusqu'à cet instant, étincelle dans les cieux, et mêle ses éclats aux bruits funèbres qu'on entend. Les éclairs qui sillonnent la nue, éclipsant par intervalles le sinistre feu des flambeaux, semblent disputer aux habitants de la terre le droit de conduire au sépulcre celle qu'accompagne ce convoi, tout fait naître l'horreur, tout respire la désolation... il semble que ce soit le deuil éternel de la nature.

— Qu'est ceci ? dit Franval ému.

— Rien, répond Clervil en saisissant la main de son ami, et le détournant de cette route.

— Rien, vous me trompez, je veux voir ce que c'est...

Il s'élance... il voit un cercueil :

— Juste ciel ! s'écrie-t-il, la voilà, c'est elle... c'est elle ! Dieu permet que je la revoie...

À la sollicitation de Clervil, qui voit l'impossibilité de calmer ce malheureux, les prêtres s'éloignent en silence... Franval, égaré, se jette sur le cercueil, il en arrache les tristes restes de celle qu'il a si vivement offensée ; il saisit le corps dans ses bras, il le pose au pied d'un arbre, et se précipitant dessus avec le délire du désespoir...

— Ô toi, s'écrie-t-il hors de lui, toi, dont ma barbarie put éteindre les jours, objet touchant que j'idolâtre encore, vois à tes pieds ton époux oser demander son pardon et sa grâce ; n'imagine pas que ce soit pour te survivre, non, non, c'est pour que l'Éternel, touché de tes vertus, daigne, s'il est possible, me pardonner comme toi... il te faut du sang, chère épouse, il en faut pour que tu sois vengée... tu vas l'être... Ah ! vois mes pleurs avant, et vois mon repentir ; je vais te suivre, ombre chérie... mais qui recevra mon âme bourrelée[1], si tu n'implores pour elle ? Rejetée des bras de Dieu comme de ton sein, veux-tu qu'elle soit condamnée aux affreux supplices des enfers, quand elle se repent aussi sincèrement de ses crimes ?... Pardonne, chère âme, pardonne-les, et vois comme je les venge.

À ces mots, Franval, échappant à l'œil de Clervil, se passe l'épée qu'il tient, deux fois au travers du corps ; son sang impur coule sur la victime et semble la flétrir bien plus que la venger.

1. Torturée par le bourreau.

– Ô mon ami ! dit-il à Clervil, je meurs, mais je meurs au sein des remords... apprenez à ceux qui me restent, et ma déplorable fin et mes crimes, dites-leur que c'est ainsi que doit mourir le triste esclave de ses passions, assez vil pour avoir éteint dans son cœur le cri du devoir et de la nature. Ne me refusez pas la moitié du cercueil de cette malheureuse épouse, je ne l'aurais pas mérité sans mes remords, mais ils m'en rendent digne, et je l'exige ; adieu.

Clervil exauça les désirs de cet infortuné, le convoi se remit en marche ; un éternel asile ensevelit bientôt pour jamais deux époux nés pour s'aimer, faits pour le bonheur, et qui l'eussent goûté sans mélange, si le crime et ses effrayants désordres, sous la coupable main de l'un des deux, ne fussent venus changer en serpents toutes les roses de leur vie.

L'honnête ecclésiastique rapporta bientôt à Paris l'affreux détail de ces différentes catastrophes, personne ne s'alarma de la mort de Franval, on ne fut fâché que de sa vie ; mais son épouse fut pleurée... elle le fut bien amèrement ; et quelle créature en effet plus précieuse, plus intéressante aux regards des hommes que celle qui n'a chéri, respecté, cultivé les vertus de la terre, que pour y trouver à chaque pas, et l'infortune et la douleur ?

*

Si les pinceaux dont je me suis servi pour te peindre le crime, t'affligent et te font gémir, ton amendement n'est pas loin, et j'ai produit sur toi l'effet que je voulais. Mais si leur vérité te dépite, s'ils te font maudire leur auteur... malheureux, tu t'es reconnu, tu ne te corrigeras jamais.

DÉCOUVREZ LES FOLIO 2 E

Parutions de septembre 2008

Patrick AMINE   *Petit éloge de la colère*
De la colère de Dieu à la colère d'Achille, de la chaussure de
Khrouchtchev à l'O.N.U au « coup de boule » de Zidane, Patrick
Amine, au gré de ses lectures et de ses rencontres, nous entraîne
dans une explosion de fureur.

Élisabeth BARILLÉ   *Petit éloge du sensible*
Avec Élisabeth Barillé, découvrez qu'en se détachant des choses
on se rend plus sensible aux plaisirs qu'elles procurent, apprenez que la liberté, c'est de savoir reconnaître et goûter l'essentiel...

COLLECTIF   *Sur le zinc*
De Rimbaud à Queneau, en passant par Zola et Blondin, accou-
dez-vous au comptoir avec les plus grands écrivains.

Didier DAENINCKX   *Petit éloge des faits-divers*
Récits d'événements considérés comme peu importants, les faits-
divers occupent pourtant une large place dans nos journaux et
notre vie. Dans ces petites histoires de tous les jours, Didier Daeninckx puise l'inspiration pour des nouvelles percutantes et très
révélatrices de notre société.

Francis Scott FITZGERALD   *L'étrange histoire de Benjamin
Button* suivi de *La lie du bonheur*
Sous la fantaisie et la légèreté perce une ironie désenchantée qui
place Fitzgerald au rang des plus grands écrivains américains.

Nathalie KUPERMAN   *Petit éloge de la haine*
À faire froid dans le dos, les nouvelles de Nathalie Kuperman ont
toutes le même thème : la haine. Haine de soi comme haine des
autres, la haine ordinaire, banale et quotidienne qui peut faire bas-
culer une vie.

LAO SHE   *Le nouvel inspecteur* suivi de *Le
croissant de lune*
Avec un humour et une tendresse non dépourvus de cruauté, Lao
She fait revivre une Chine aujourd'hui disparue.

Guy de MAUPASSANT   *Apparition et autres contes de
l'étrange*

Des cimetières aux châteaux hantés, Maupassant nous attire aux confins de la folie et de la peur.

Marcel PROUST *La fin de la jalousie* et autres nouvelles

Mondains, voluptueux et cruels, les personnages de ces nouvelles de Proust virevoltent avec un raffinement qui annonce les héros d'*À la recherche du temps perdu*.

D. A. F. de SADE *Eugénie de Franval*

Avec *Eugénie de Franval*, le « divin marquis » nous offre l'histoire tragique d'un amour scandaleux.

F. S. FITZGERALD	*La Sorcière rousse* précédé de *La coupe de cristal taillé* (Folio n° 3622)
F. S. FITZGERALD	*Une vie parfaite* suivi de *L'accordeur* (Folio n° 4276)
É. FOTTORINO	*Petit loge de la bicyclette* (Folio n° 4619)
C. FUENTES	*Apollon et les putains* (Folio n° 3928)
C. FUENTES	*La Desdichada* (Folio n° 4640)
GANDHI	*La voie de la non-violence* (Folio n° 4148)
R. GARY	*Une page d'histoire* et autres nouvelles (Folio n° 3753)
MADAME DE GENLIS	*La Femme auteur* (Folio n° 4520)
J. GIONO	*Arcadie... Arcadie...* précédé de *La pierre* (Folio n° 3623)
J. GIONO	*Prélude de Pan* et autres nouvelles (Folio n° 4277)
V. GOBY	*Petit éloge des grandes villes* (Folio n° 4620)
N. GOGOL	*Une terrible vengeance* (Folio n° 4395)
W. GOLDING	*L'envoyé extraordinaire* (Folio n° 4445)
W. GOMBROWICZ	*Le festin chez la comtesse Fritouille* et autres nouvelles (Folio n° 3789)
H. GUIBERT	*La chair fraîche et autres textes* (Folio n° 3755)
E. HEMINGWAY	*L'étrange contrée* (Folio n° 3790)
E. HEMINGWAY	*Histoire naturelle des morts* et autres nouvelles (Folio n° 4194)
E. HEMINGWAY	*La capitale du monde* suivi de *L'heure triomphale de Francis Macomber*

Composition Nord Compo
Impression Novoprint
à Barcelone, le 17 août 2008
Dépôt légal : août 2008

ISBN 978-2-07-035916-5./Imprimé en Espagne.